KB275238

테이블 위에
흐르는 시간

테이블 위에
흐르는 시간

펴낸날 2026년 1월 2일

지은이 김형준, 이진경, 정하영, 정예찬, 우민석
펴낸이 주계수 | **편집책임** 이슬기
교정편집 강병규 | **꾸민이** 전은정

펴낸곳 밥북 | **출판등록** 제 2014- 000085 호
주소 서울특별시 마포구 양화로 156 LG팰리스빌딩 917호
전화 02- 6925- 0370 | **팩스** 02- 6925- 0380
홈페이지 www.bobbook.co.kr | **이메일** bobbook@hanmail.net

© 김형준, 이진경, 정하영, 정예찬, 우민석, 2026.
ISBN 979-11-7223-130-9 (03810)

테이블 위에 흐르는 시간

김형준
이진경
정하영
정예찬
우민석

뷰66,
테이블에서 시작된 여행

어느 날 문득 그런 생각이 들었습니다.

'우리가 매일 마시는 커피 한 잔에는 얼마나 많은 시간이 담겨 있을까?'

'한 접시의 음식은 어디서부터 어떻게 이 자리에 오게 되었을까?'

그 질문의 시작이 바로 이 책의 첫 문장이 되었습니다. 커피와 음식은 우리 일상에서 너무나도 당연하게 자리하고 있지만, 그 안에는 수많은 사람의 손길과 시간, 문화와 취향이 녹아 있습니다. 그리고 그 복잡하고 아름다운 시간들이 바로 이곳, 뷰66이라는 공간 위에서 살아 숨쉬고 있습니다.

☕ 커피 한 잔으로 시작된 이야기

뷰66의 하루는 커피 내음으로 시작됩니다.

새벽부터 로스팅된 원두를 손에 쥐고, 그날의 온도와 습도를 가늠하며 추출기를 세팅하는 바리스타의 손끝에서 커피 한 잔이 탄생합니다.

하지만 그 한 잔은 단지 물과 커피의 조합이 아닙니다. 에티오피아의 고원지대, 콜롬비아의 따사로운 햇살, 수확하는 농부의 손길, 생두를 선별하는 큐그레이더의 눈, 그리고 한국의 한 매장에서 온도와 압력을 조절하는 바리스타까지. 그 수많은 여정이 모여, 당신 손에 들린 따뜻한 컵 안에 담겨 있습니다. 커피는 우리의 시간이기도 합니다. 지친 오후를 견디게 해주는 짧은 휴식, 누군가를 기다리며 손에 쥐고 있는 미지근한 온기, 첫 만남 앞에서 떨리는 마음을 진정시키던 향기. 그 기억 속에 커피는 늘 함께 있었고, 우리는 그 커피의 이야기를 공유하고 싶었습니다.

☕ 음식은 그저 맛있는 것을 넘어서

뷰66의 브런치 메뉴를 소개하면, 사람들은 종종 이렇게 묻습니다.
"이건 어디서 배운 거예요?"
"이 조합은 어떻게 생각하신 거예요?"
사실 그 모든 음식은 단순히 레시피에서 시작되지 않았습니다. 그보다 더 오래된 기억, 우리가 자라면서 먹었던 따뜻한 국 한 그릇, 친구와 나누던 도시락, 여행지에서 처음 맛본 낯선 요리 같은 시간의 흔적이 모여 오늘의 한 접시를 만듭니다. 예를 들어, 소고기 타다끼는 단순히 고급 재료의 상징이 아닙니다. 얇게 썰어진 고기를 살짝 구운 그 짧은 시간 안에, 불과 날것의 경계를 탐색한 셰프의 감각이 담겨 있고, 고소한 풍미와 담백한 식감은 '고기'라는 재료가 지닌 다양한 얼굴을 보여줍니다. 연어 샐러드는 건강함과 우아함을 함께 담고 있습니다. 뷰66만의 드레싱, 채소, 숙성된 연어의 조화는 한 끼의 식사가 단순한 영양 공급을 넘어 기분과 감정을 어루만지는 예술이 될 수 있음을 보여줍니다. 그 외에도 리코타치즈, 간장 새우장…, 이 모든 재료와 조합은 각각의 이야기와 이유를 갖고 당신 앞에 놓입니다.

☕ 숙성된 재료, 숙성된 시간

우리나라의 회는 신선한 생선을 바로 떠서 먹는 것을 최고로 여겨 왔습니다. 그러나 어느 날 '과연 신선한 것만이 정답일까?', '기다림은 사실 풍미를 만드는 도구가 아닐까?' 하는 질문이 떠올랐습니다. 그래서 우리는 '시간을 입힌 맛'에 주목했고, 연구를 거쳐 메뉴에 숙성회를 올리게 됐습니다. 하루, 이틀, 때론 사흘 이상을 냉장고에서 숙성된 생선은 기다림 끝에 감칠맛이 깊어지고, 그 사이에 생선의 결은 부드러워지며, 바다의 향은 더욱 은은하게 퍼져나갑니다. 이건 단순히 '맛있다'라는 표현으로 설명할 수 없는 감각입니다. 기다린 만큼 맛이 깊어지고, 정성만큼 손님은 그 차이를 알아봅니다. 그 숙성된 맛은 단순한 요리 기술이 아니라 인내와 관찰 그리고 공감의 산물입니다.

☕ 음식에는 사람이 있다

모든 커피와 음식 뒤에는 '사람'이 있습니다. 그리고 이 책은 그 사람들의 이야기이기도 합니다. 하루에도 수십 번씩 커피 추출을 조정하는 바리스타, 비 오는 날이면 유독 부드러운 생선의 상태를 체크하는 셰프, 음식이 나갈 때 그날의 기분을 읽는 플로어 팀까지 뷰66의 공간을 채우는 사람들은 그저 요리를 '만드는' 것이 아니라, '기록하고 해석하고 대화하는' 존재입니다. 이 책은 단지 커피와 음식의 역사만을 담은 것이 아닙니다. 그 역사 속에 숨겨진 사람의 마음을, 한 접시에 담긴 고요한 이야기를, 당신에게 전하고 싶은 기록입니다.

◉ 기록하고 싶었던 것

처음에는 '커피와 음식'을 주제로 삼았습니다. 그런데 원고를 쓸수록 결국 '시간'에 대해 이야기하고 있었습니다. 커피는 단숨에 만들어지지 않습니다. 음식은 한순간에 완성되지 않습니다. 그 안에는 언제나 시간이 있고, 그 시간을 겪어 온 사람들의 역사가 있습니다. 자연스럽게 이 책의 주제는 '맛으로 떠나는 시간 여행'이 됐습니다. 어느 커피나 어느 음식이나 그 자체로 문화이고 기록이며 삶이니까요.

◉ 당신의 테이블 위에도, 이야기 하나쯤은

요즘 사람들은 매우 바쁩니다.

커피를 서둘러 들이키고, 음식은 사진을 찍자마자 곧바로 먹습니다. 하지만 아주 잠깐이라도 괜찮습니다. 한 모금, 한 입을 천천히 음미하는 순간, 그 안에 담긴 이야기가 당신에게 말을 걸지도 모릅니다.

"나는 이토록 먼 곳에서 왔어."

"누군가의 정성으로 여기까지 도착했어."

"지금 이 순간, 너에게 작은 위로가 되고 싶어."

그렇게 음식과 커피는 우리가 잊고 있던 감정들을 조용히 꺼내주곤 합니다.

이 책은 뷰66이라는 작은 공간에서 시작된 커피와 음식의 시간 기록입니다. 역사를 전공한 사람도, 셰프도 아닌 제가 이 여정을 글로 남기게 된 건, 누군가는 꼭 이런 이야기를 써야 한다고 믿었기 때문입니다.

혹시 이 책을 읽으며, 한 잔의 커피가 조금 더 특별해지고, 한 접시의 음식이 조금 더 의미 있어진다면 그걸로 충분합니다. 우리의 테이블에서 시작된 시간 여행에 당신을 초대합니다.

2025년

김형준 (공저 이진경, 정하영, 정예찬, 우민석)

차례

─● 일러두기

이 책은 카페 겸 레스토랑인 뷰66의 메뉴들을 바탕으로 그 역사와 이야기를 엮은 에세이입니다.

맞춤법과 띄어쓰기는 국립국어원 표준국어대사전을 참고하되, 실제 쓰임과 문장의 흐름에 맞게 교정했습니다.

본문에 나오는 도서와 잡지는 겹낫표(『 』), 영화와 드라마는 홑화살괄호(〈 〉)로 표기했습니다.

커피, 브런치, 사케, 회 등 음식 메뉴의 외국어 표기는 뷰66에서 사용하는 메뉴 표기를 따랐습니다.

책에 소개된 메뉴 구성과 표현은 집필 당시 기준이므로, 실제 매장의 메뉴와는 다를 수 있습니다.

1장
한 잔의 기원,
커피의 역사

커피는 어디서 왔을까?

기억보다 오래된 향기, 커피의 시작

아침에 눈을 뜨고, 가장 먼저 손이 가는 것은 무엇인가요? 혹시 커피 향이 가득한 부엌이 떠오르시나요? 컵을 닦고, 원두를 갈아 물을 끓이는 손길은 무언가를 시작하는 사람의 가장 진중한 의식처럼 느껴집니다. 커피는 어느 순간 우리 삶에 너무나도 자연스럽게 들어와, 이제는 없으면 허전한 존재가 되었습니다. 하지만 우리가 이렇게 당연하게 마시고 있는 커피는 과연 어디서 왔을까요? 언제부터, 어떻게 우리와 함께하게 되었을까요?

이번 장에서는 간단하고 빠르게 커피의 역사 전체를 훑어보도록 하겠습니다.

—• 염소와 목동 칼디
– 전설로 남은 커피의 기원

가장 널리 알려진 커피의 전설은 9세기경 아프리카 대륙의 에티오피아 고원지대에서 시작됩니다. 한 목동, 이름은 칼디(Kaldi). 그는 어느 날 자신이 기르던 염소 떼가 붉은 열매를 먹은 뒤 한껏 흥분하여 밤새도록 뛰어다니는 모습을 보게 됩니다. 신기하게 여긴 칼디는 그 열매를 직접 따서 맛보게 되었고, 이내 몸이 따뜻해지고 정신이 또렷해지는 경험을 하게 되었다고 전해집니다. 칼디는 이 이야기를 인근의 수도원의 수도사에게 들려주었습니다. 그 수도사는 이 열매를 달여 마셔본 뒤, 밤새 이어지는 기도 중 졸음을 이겨내는 데 탁월한 효과가 있다는 것을 발견하게 되죠. 이후 수도사들은 커피를 기도와 명상의 도구로 사용하기 시작합니다. 이 전설은 진실이라기보다는 커피의 신비로운 시작을 상징적으로 담은 이야기입니다. 하지만 사람들은 이 이야기를 수백 년 동안 입으로 전해왔고, 커피가 단순한 음료를 넘어 하나의 영적 상징처럼 여겨졌음을 보여줍니다.

—• 커피의 뿌리는 어디일까요?
– 에티오피아

학자들에 따르면 커피의 원산지는 현재의 에티오피아 남서부, 그중에서도 '카파(Kaffa)' 지역으로 알려져 있습니다. '커피(coffee)'라는 단어 역시 이 '카파'라는 지명에서 유래했다는 설이 있을 정도입니다. 이 지역 은 해발고도가 높고 기후가 적당하여, 지금도 야생 커피나무들이 자라 고 있습니다. 커피나무는 봄이면 하얀 꽃을 피우고, 그 꽃이 떨어진 자 리에는 시간이 지나며 붉은 열매, 즉 우리가 '커피 체리'라고 부르는 열 매가 맺히게 되지요. 에티오피아에서는 지금까지도 커피가 일상 이상 의 의미가 있습니다. 특히 '커피 세리머니'라고 불리는 전통 의식은 매 우 특별합니다. 가족이나 이웃이 모여 커피 생두를 직접 팬에 볶고, 절 구로 찧고, 점차 그윽해지는 향기와 함께 시간을 나눕니다. 이때 커피 는 단순한 마실거리가 아니라, 함께 웃고, 나누고, 소통하는 삶의 중심 이 됩니다.

─• 아라비아의 커피 문화와 카흐와(Qahwa)

커피는 이후 아라비아반도, 특히 지금의 예멘으로 넘어가며 그 진가 를 발휘하게 됩니다. 수도사들이 각성용으로 즐기던 커피는 13~15세 기를 거치며 이슬람 세계의 전통과 만나 종교와 철학, 사회와 문화의 중심에 서게 됩니다. 수도사와 수피교[1]도들은 커피를 마시며 밤샘 기도 를 이어갔고, 이후 예멘의 항구도시인 모카(Mocha)는 커피 유통의 중

---

1 수피즘(Surfism): '수피즘' 또는 '수피파'라고 부르는 이슬람 신비주의 계열의 분파

심지로 떠오르게 됩니다. 커피는 이 시기부터 '카흐와(Qahwa)'라는 이름으로 불렸습니다. 이는 '힘을 주는 것' 또는 '피로를 이겨내는 것'이라는 뜻을 지닌 아랍어입니다. 그리고 사람들이 커피를 마시며 이야기를 나누던 '카흐와 하우스'는 오늘날 카페의 원형이라 볼 수 있습니다. 이곳은 단순히 커피를 파는 공간이 아니라, 사람들이 만나고, 토론하고, 음악과 시를 나누는 공간이었습니다. 이렇게 커피는 이슬람 문화 안에서 신성함과 일상의 소통을 모두 품으며 빠르게 퍼지기 시작합니다.

—• 커피의 유럽 진출
– 낯섦에서 열광으로

16세기 말, 오스만 제국을 거쳐 커피는 유럽으로 건너갑니다. 처음 커피를 접한 유럽인들은 검고 쓴맛과 향 모두 익숙하지 않았고, '이교도의 물', 심지어는 '사탄의 음료'라며 거부감을 느끼기도 했습니다. 하지만 곧 커피는 유럽 상류층의 호기심을 자극하기 시작했고, 이내 새로운 유행으로 자리 잡게 됩니다. 이탈리아 베네치아에 최초의 유럽 커피 하우스가 문을 열었고, 뒤이어 파리, 런던, 빈, 암스테르담 등 유럽 주요 도시에도 퍼지게 됩니다. 특히 17~18세기에는 커피 하우스가 지식인과 예술가의 아지트로 변모하게 됩니다. 영국 런던의 커피 하우스에서는 정치, 경제, 문학, 철학에 관한 토론이 활발히 이루어졌고, 그중 일부는 신문사, 보험회사, 증권거래소 등으로 발전하기도 했습니다. 그

대표적인 예가 바로 '로이즈 커피 하우스(Lloyd's Coffee House)'로, 지금의 로이즈 보험회사의 시작이기도 합니다. 프랑스의 '르 프로코프(Le Procope) 카페'는 볼테르, 루소, 디드로 같은 계몽주의 철학자들이 자주 찾았던 곳이었고, 이곳에서 혁명과 사상의 씨앗이 자라났습니다. 커피는 유럽에서 새로운 음료 이상의 의미를 갖게 됩니다. 술이 아닌 커피를 마시며 이성적으로 토론하는 문화, 그것이 바로 근대 시민사회의 토대를 마련한 것입니다.

—• 세계로 퍼지는 커피
- 식민지와 커피 플랜테이션

커피가 유럽에서 큰 인기를 얻자, 각국은 커피 생산의 독점을 위해 식민지를 통한 대규모 경작을 시작하게 됩니다. 이 과정에서 커피는 '식민주의'와 '플랜테이션 농업'의 역사와 얽히게 됩니다. 네덜란드는 인도네시아의 자바섬에서 커피를 재배하고, 프랑스는 카리브해의 마르티니크에 커피나무를 심었으며, 스페인과 포르투갈은 중남미, 특히 브라질과 쿠바를 통해 커피를 대량 생산했습니다. 이 시기, 브라질은 거대한 면적과 기후적 이점으로 인해 세계 최대의 커피 생산국으로 떠오르게 되며, 오늘날까지도 그 위상을 유지하고 있습니다. 하지만 이 시기 커피 산업은 노예제와 불가분의 관계에 있었습니다. 노동력을 확보하기 위한 강제 이주와 착취는 커피의 이면에 감춰진 아픈 그림자이기도 합니다. 오늘날 우리가 마시는 커피에는 이러한 역사적 맥락까지 함께 담겨 있음을 기억할 필요가 있습니다.

—• 한국에서의 커피
– 고종의 잔에서 다방까지

한국에서 커피가 처음 등장한 것은 1895년, 대한제국의 황제인 고종의 이야기에서 시작됩니다. 명성황후가 시해된 뒤 러시아 공사관으로 피신했던 고종은 이곳에서 서양 외교관과 함께 커피를 마셨다고 전해집니다. 그때 커피는 '양탕국(洋湯)'이라 불렸으며, 당시에는 매우 귀하고 낯선 음료였습니다. 이후 일제강점기를 거치며 경성에는 '다방(茶房)'이라는 이름의 카페가 생기기 시작했습니다. 주로 문인과 예술가들이 드나들던 공간이었고, 이곳에서 새로운 문화와 사상이 교류되곤 했습니다. 해방 이후 1970~80년대에는 인스턴트커피가 대중화되며 커피는 일반 가정과 직장인의 삶 속으로 빠르게 스며들게 됩니다. 그리고 1990년대 후반부터는 커피전문점이 들어서기 시작했고, 2000년대 이후에는 스타벅스를 필두로 한 프랜차이즈 중심의 카페 문화가 본격화됩니다. 지금은 다시 스페셜티 커피, 로컬 로스터리, 브루잉 등 더 깊고 섬세한 커피 취향의 시대가 열리고 있습니다.

─• 커피는 '향'의 언어입니다

커피는 독특한 음료입니다. 맛보다는 '향'으로 기억되고, 쓴맛보다는 '여운'으로 느껴집니다. 에티오피아 코케 허니 커피의 블루베리 향, 과테말라 워시드의 밀크초콜릿 향, 인도네시아 길링 바사의 카카오 향미….

이 모든 것은 단지 재배된 장소나 방식만으로 설명되지 않습니다. 커피는 그 생산지의 기후, 토양, 고도, 수확 시기, 가공 방식, 그리고 로스팅과 추출, 컵을 드는 순간의 감정까지 모든 것이 복합적으로 작용해 그 향을 완성합니다. 그래서 우리는 커피 한 잔을 통해 지구 반대편의 농부, 바다를 건너온 무역선, 그리고 눈앞의 바리스타까지 하나의 이야기를 공유하게 됩니다.

─• 바리스타는 커피의 마지막 이야기꾼

한 잔의 커피를 만들기 위해 농부는 1년을 준비합니다. 로스터는 수십 번의 테스트를 반복합니다. 그리고 바리스타는 그 모든 시간을 이어받아 당신의 테이블 위에 조용히 내려놓습니다.

바리스타는 기술자이자 전달자, 그리고 이야기꾼입니다. 원두의 생김새와 향, 물의 온도와 무게, 손님의 표정과 날씨까지 읽어내는 감각을 가진 사람들입니다. 뷰66에서는 바리스타가 가장 먼저 매장에 도착하고, 가장 마지막까지 손님의 기분을 기억합니다. 그리고 그 기억은 커피에 담겨 다시 또 누군가에게 전해집니다.

─• 커피는 어디서 왔을까요?

이제 다시 처음 질문으로 돌아가 봅니다. '커피는 어디서 왔을까요?' 에티오피아의 붉은 열매에서 시작해 예멘의 항구를 거쳐 유럽의 사상가와 식민지, 한국의 다방과 골목길 카페에 이르기까지 커피는 단순한 음료가 아니라 시간을 마시는 행위입니다. 그래서 커피 한 잔은 그 자체로 역사를 담고 있고, 그 역사는 오늘 우리의 일상 속에서 조용히 향기를 퍼뜨리고 있습니다. 오늘도 당신 앞에 놓인 커피 한 잔, 그 향기 속에 담긴 수많은 시간과 사람들의 이야기를 잠시 떠올려보신다면 어떨까요? 그 순간, 이 책은 당신과 함께 첫 여행을 무사히 시작하게 되는 셈입니다.

에티오피아 전설과 아라비아 커피 하우스

─• 커피, 전설에서 문화가 되기까지

하루를 여는 한 잔의 커피, 그 속에 담긴 향기와 온기는 참 따뜻하지요. 하지만 그 커피가 어디에서부터 왔는지, 그 향기는 얼마나 먼 옛날부터 사람들의 삶을 물들여 왔는지 한 번쯤 궁금해하신 적 있으신가요?

이번 장에서는 커피의 시작을 알리는 가장 오래된 전설부터, 아라비아에서 꽃피운 커피 하우스의 문화까지 천천히 깊이 있게 들려드리려 합니다.

─• 염소 목동 칼디의 전설

– 커피, 신비의 열매로 불리던 시절

커피의 기원을 이야기할 때 빠지지 않는 것이 바로 칼디(Kaldi)의 전설입니다. 칼디는 기원전 9세기경, 지금의 에티오피아 고지대에서 염소를 치던 목동이었다고 전해집니다. 어느 날, 칼디는 자신이 기르던 염소 떼가 이상하게도 생기가 넘쳐 밤새도록 뛰어다니는 모습을 보게 됩니다. 그 염소들이 먹었던 건 이름 모를 나무에 달린 붉은 열매였습니다. 호기심 많던 칼디는 그 열매를 직접 맛보았고, 이내 몸이 따뜻해지며 정신이 맑아지는 느낌을 받게 됩니다. 그는 이 열매의 특별함을 주변 수도원의 수도사에게 알렸고, 수도사는 열매를 물에 달여 마셔 본 뒤 밤새 이어지는 기도에도 졸음을 이겨낼 수 있었다고 합니다. 물론 이 이야기는 역사적 사실이라기보다는 전설에 가깝습니다. 그러나 중요한 것은 사람들이 커피라는 존재를 처음 마주했을 때 얼마나 신비롭

이미지 출처: ChatGPT

고 경이롭게 느꼈는지를 상징적으로 보여준다는 점입니다. 이렇게 커피는 단순한 식물이 아니라, 사람의 몸과 마음을 일깨우는 '각성의 열매'로 여겨졌고, 그 감각은 수천 년이 흐른 지금도 이어지고 있습니다.

—• 커피나무의 고향, 에티오피아

커피가 자생하는 뿌리는 실제로 에티오피아 남서부, 그중에서도 '카파(Kaffa)' 지역으로 알려져 있습니다. '커피(coffee)'라는 단어 역시 이 '카파'에서 유래되었다는 설이 있습니다. 에티오피아의 고지대는 해발 1,200~2,000미터에 이르며 적당한 기온과 강수량, 비옥한 토양 덕분에 커피나무가 자연 상태에서 잘 자랄 수 있는 환경을 갖추고 있지요. 이 지역에는 지금도 야생 커피나무가 자라고 있으며, 그곳의 사람들은 커피를 단순한 작물이나 상품이 아닌 삶의 일부이자 정체성으로 받아들이고 있습니다.

—• 커피 세리머니
– 향기 속에서 나누는 마음

에티오피아 사람들에게 커피는 단지 마시는 음료가 아닙니다. 그들의 집에서는 종종 하루 중 가장 중요한 시간이 바로 '커피 세리머니(Coffee

이미지 출처: Jean Rebiffé, Wikimedia Commons, CC BY-SA 4.0

이미지 출처: Rod Waddington, Wikimedia Commons, CC BY-SA 2.0

Ceremony)'를 준비하고 나누는 시간입니다. 커피 세리머니는 주로 여성들이 주관하며, 생두를 팬에 직접 볶고, 절구로 찧습니다. 그리고 전통 도구인 자바나(Jebena)에 넣어 끓이면 신선한 커피가 완성됩니다. 볶아질 때 퍼지는 커피 향은 가족과 이웃, 손님들을 부엌으로 불러들이고, 향기로운 연기 속에서 하루의 일과와 마음을 나누는 대화가 시작되지요. 이런 커피 세리머니는 에티오피아 문화에서 가장 중요한 환대의 상징입니다. 누군가를 소중하게 생각한다는 마음을 그윽한 향기와 따뜻한 한 잔으로 전하는 시간, 우리가 말하는 '대접'이라는 단어가 얼마나 따뜻한 의미인지 깨닫게 해줍니다.

—• 아라비아반도로 향한 커피
– 신성한 음료에서 문화로

커피는 에티오피아에서 이웃한 예멘으로 전해지며 본격적으로 음료 문화로 발전하게 됩니다. 이슬람 세계로 넘어간 커피는 무슬림 수피즘 수도자들에게 사랑받기 시작했습니다. 그들은 밤새 이어지는 기도와 명상을 위해 커피의 각성 효과를 귀하게 여겼지요. 특히 예멘의 항구도시 모카(Mocha)는 15세기경부터 커피를 만들고 유통하는 중심지가 되었습니다. 여기서 유럽으로 향하는 무역선에 실린 커피가 '모카커피'로 불리며 오늘날까지도 그 이름을 남기게 됩니다. 당시 커피는 '카흐와(Qahwa)'라는 이름으로 불렸으며, 이는 '힘을 주는 것', 또는 '깨어 있게 하는 것'이라는 뜻의 아랍어에서 유래되었습니다. 이 음료는 곧 이슬람 세계 전역으로 퍼지게 되었고, 자연스럽게 사람들을 위한 특별한 공간이 필요해지기 시작합니다.

—• 아라비아의 커피 하우스
– 세계 최초의 '카페'

　이슬람 세계에서 커피가 널리 퍼지며, 사람들은 집이 아닌 곳에서도 함께 커피를 마실 수 있는 장소를 만들고자 했습니다. 그렇게 해서 등장한 공간이 바로 '카흐와 하우스(Qahwa House)', 즉 세계 최초의 커피 하우스였습니다. 가장 먼저 커피 하우스가 등장한 지역은 메카(Mecca)와 카이로(Cairo) 같은 이슬람의 주요 도시였습니다. 이 공간은 단순히 커피를 마시는 곳을 넘어서 사람들이 만나 대화하고, 음악과 시를 듣고, 철학과 종교, 정치 이야기를 나누는 지식과 교류의 중심지로 자리 잡습니다. 커피 하우스는 이슬람 사회에서 학교보다 자유롭고, 시장보다 정감 있는 공간이었습니다. 누구나 출입할 수 있었고, 학자부터 상인, 예술가, 심지어 일반 시민까지 다양한 이들이 모였습니다. 커피가 이들을 하나로 묶어주었고, 그 속에서 수많은 문화와 사상이 태어났습니다. 오늘날의 카페가 단순한 식음 공간이 아니라 누군가와 마음을 나누고, 일하고, 책을 읽으며 머무는 공간이 된 것처럼, 그 뿌리에는 바로 이 아라비아의 커피 하우스 문화가 있었습니다.

─• 커피를 둘러싼 긴장과 금지령

– 커피를 금하라?

하지만 모든 이들이 커피를 반겼던 것은 아니었습니다. 당시 일부 보수적인 종교 지도자들은 커피를 마시며 토론하고 토의하는 커피 하우스가 '위험한 생각들이 싹트는 장소'라고 우려했습니다. 그래서 16세기에는 메카와 카이로에서 커피 금지령을 내리기도 했습니다. 그 이유는 커피가 사람들에게 지나치게 각성을 주며, 공론장을 만들어 체제에 위협이 된다는 것이었지요. 하지만 커피를 금지한다고 해서 그 흐름을 막을 수는 없었습니다. 사람들은 몰래 커피를 마시고, 비밀스럽게 모여 이야기를 나눴습니다. 그리하여 커피 하우스는 더욱 활기를 띠게 됩니다. 결국 몇 년이 지나지 않아 금지령은 철회되었고, 커피 하우스는 이슬람 사회에서 지식과 문화의 자유 공간으로 자리를 굳히게 됩니다.

─• 아라비아의 커피 문화가 남긴 것들

이 시기의 아라비아 커피 문화는 단지 커피를 유통하고 마시는 데 그치지 않았습니다. 그들은 커피를 정성껏 준비하고, 조심스럽게 대접하며, 그 시간에 담긴 의미를 아주 깊이 이해하고 있었습니다. 예를 들어, 커피를 끓이는 주전자인 달라(Dallah)는 지금도 아라비아 지역에서 전통적인 커피 문화를 상징하는 도구입니다. 달라는 커피의 적정 온도를 오래 유지하는 주전자로, 그 형태와 무늬 하나하나에도 장인의 손길이 깃들어 있습니다. 또한 커피는 단순한 손님의 접대용 음료가 아니라 '존경과 환대의 표현'이었습니다. 먼 길을 온 손님에게 직접 손으로 커피를 끓여 내어드리는 행위는 '당신은 우리에게 소중한 분입니다'라는 인사와 다름없었습니다. 이처럼 아라비아에서의 커피 문화는 커피 그 자체뿐 아니라 그 시간, 그 공간, 그 마음을 함께 나누는 철학을 남기게 됩니다.

—• 커피와 이슬람

– '깨어있음'이라는 가치를 중심으로

아라비아 커피 문화가 종교와 떼려야 뗄 수 없는 이유는 이슬람에서 커피가 '의식을 돕는 음료'였기 때문입니다. 이슬람의 수피교도들은 심신을 다잡고 신과의 일체감을 느끼는 데 커피가 큰 도움이 된다고 믿었습니다. 그들에게 커피는 육체의 피로를 없애주고 영혼을 깨어 있게 만드는 신성한 음료였습니다. 그래서 오늘날의 중동 지역에서도 커피를 마실 때 '감사함'을 먼저 표현하고, 작은 잔에 나누어 여러 번 대접하며, 그 시간 속에서 함께하는 이와 존중과 배려의 감정을 나누게 됩니다. 커피를 단지 카페인이 든 음료로 여기지 않고, 사람과 사람 사이를 잇는 다리로 여깁니다. 그들의 마음이야말로 우리가 지금도 배워야 할 커피 철학 아닐까요?

—• 전설은 문화가 되고, 문화는 사람이 됩니다

이야기의 시작은 작고 소박했습니다. 에티오피아 고지대의 한 목동에서 시작된 전설은 사람과 시간, 문화와 문명을 타고 오늘날 우리가 손에 쥔 커피 한 잔으로 이어졌습니다. 이제 커피는 하루를 여는 따뜻한 시작이자, 서로를 이해하려는 다정한 마음이며, 세상을 조금 더 향기롭게 만들고자 하는 사람들의 소중한 선택입니다. 앞으로 이 책을 통해, 커피가 우리에게 남긴 시간과 기억을 조금 더 깊이 들여다볼 수 있기를 바랍니다. 그리고 이 글을 읽으시는 분의 하루 역시 향긋한 커피처럼 부드럽고 따스하기를 진심으로 기도합니다.

유럽의 커피 문화와 카페의 시작

─● 한 잔의 커피, 하나의 도시를 바꾸다

오늘날의 카페는 우리 주변 어디에서든 쉽게 찾을 수 있습니다. 바쁜 일상에서 잠시 숨을 돌리기도 하고, 커피를 마시며 생각에 잠기거나, 누군가와 조용히 이야기를 나누곤 합니다. 하지만 우리가 지금 너무나 익숙하게 받아들이고 있는 '카페'라는 문화와 공간은 사실 그렇게 오래되지 않았습니다. 그 문화가 처음 꽃피우기 시작한 곳은 유럽입니다.

이번 장에서는 커피가 유럽에 처음 도착하던 순간부터 사상의 장소, 예술의 무대, 혁명의 시작점이 되기까지의 여정, 그리고 유럽이 어떻게 커피와 함께 변화하고 성장해왔는지에 대해 차분하고 따뜻한 시선으로 함께 들여다보려고 합니다.

—• 낯선 이방인의 음료, 커피가 유럽에 도착하다

16세기 후반, 지중해를 건너 오스만 제국의 문화를 따라 이탈리아 베네치아에 처음 커피가 들어왔습니다. 당시 유럽인들에게 커피는 아주 낯선 존재였는데, 검고 뜨거운 액체가 와인이나 맥주처럼 익숙한 향도 없고, 달콤한 맛도 없어서 처음에는 꽤 거부감이 컸습니다. 게다가 커피가 이슬람권에서 건너온 음료인 만큼, 일부 성직자들은 커피를 '이교도의 물', 심지어는 '사탄의 음료'라고 부르며 경계하기도 했습니다. 그러나 새로운 것을 향한 호기심은 늘 변화를 만들어냅니다. 커피의 각성 효과와 깊고 풍부한 향은 점차 귀족들과 학자들의 입맛을 사로잡았고, 그들은 커피를 '깨어 있는 지성의 음료'라며 즐기기 시작했습니다. 그리하여 커피는 처음에는 약용 음료, 다음은 귀족들의 사교 음료, 그리고 얼마 지나지 않아 시민들의 일상 음료로 자리 잡게 됩니다.

—• 베네치아에서 런던까지
- 유럽 전역에 퍼진 커피의 향기

이탈리아 베네치아를 통해 유입된 커피는 곧 프랑스, 영국, 오스트리아, 독일 등 유럽 각국으로 퍼지게 됩니다. 국가마다, 도시마다, 사람들의 삶과 문화에 따라 커피는 조금씩 다른 모습으로 정착합니다.

˚ 프랑스: 지성인의 무대가 된 카페

프랑스에서는 카페(Café)라는 명칭으로 불리며 18세기 파리를 중심으로 빠르게 확산합니다. 그중 가장 유명한 곳이 바로 '르 프로코프(Le Procope) 카페'입니다. 1686년 시칠리아 출신의 프랑스인 프로코피오 쿠토가 개장한 이 카페는 볼테르, 루소, 디드로, 로베스피에르 같은 당대 최고의 지성인들이 모여 사상을 나누고 글을 썼던 곳입니다. 르 프로코프는 단지 커피를 마시는 장소가 아니라, 프랑스 계몽주의와 프랑스 혁명의 이념이 태동한 공간으로도 평가받습니다.

˚ 영국: 신문과 보험, 증권의 시작이 된 커피 하우스

영국 런던에는 17세기부터 커피 하우스(Coffee House)가 생겨났습니다. 그중에서도 가장 유명한 곳은 '로이즈 커피 하우스(Lloyd's Coffee House)'로 항해에 관한 정보와 선박 거래가 활발히 이루어지던 장소였습니다. 이는 훗날 세계적인 보험회사인 '런던 로이즈(Lloyd's of London)'의 시작점이 됩니다. 또한 당시의 커피 하우스들은 신문과 금융의 중심지 역할을 했습니다. 사람들은 커피를 마시며 최신 소식을 접하고, 주식 정보를 교환하고, 사설을 쓰고, 새로운 발명을 논의했습니다. 그래서 사람들은 영국의 커피 하우스를 "펜과 종이로 무장한 공론장"이라 부르기도 했습니다.

˚ 오스트리아: 전쟁의 유산에서 시작된 카페 문화

오스트리아 빈(Vienna)에서는 1683년 빈 공방전 이후, 퇴각하던 오스판슨이 버린 커피 자루가 발견되며 본격적인 커피 문화가 꽃피게 됩니다. 이 커피로 인해 첫 빈 카페가 열리게 되었고, 여기서 탄생한 것이 바로 비엔나커피입니다. 부드러운 우유 거품과 휘핑크림이 올라간 이 커피는 지금도 전 세계 사람들의 사랑을 받고 있으며, 당시 오스트리아 귀족들의 일상을 우아하게 장식해주었습니다.

—• 커피 하우스, 사상의 씨앗이 움튼 공간

커피가 유럽에 뿌리를 내릴 무렵, 유럽은 지적 혁명의 시기, 즉 계몽주의 시대를 맞이하고 있었습니다. 기존의 왕권과 교회의 절대 권위에 대한 의문이 제기되었고, 인간의 이성과 자유, 평등에 관한 새로운 사유가 활발히 논의되던 때였습니다. 그리고 이 사상의 불씨가 퍼지고 꽃을 피운 장소가 바로 다름 아닌 커피 하우스였지요. 당시의 유럽 사회는 지금처럼 누구나 자유롭게 생각을 표현할 수 있는 공간이 많지 않았습니다. 하지만 커피 하우스는 달랐습니다. 커피라는 공통의 매개를 중심으로 누구나 출입할 수 있었고, 서로의 생각을 나누며 대화를 통해 배움과 공감을 얻을 수 있었습니다. 프랑스에서는 '사상의 방'이라 불리며, 혁명가들과 철학자들이 밤늦도록 테이블을 사이에 두고 의견을 나누었습니다. 그들이 주고받은 대화 속에서 쓰인 글들은 오늘날까지도 인류의 역사에 깊은 영향을 끼치고 있습니다. 그러한 점에서 커피 하우스는 단지 '마시는 장소'가 아닌 사유와 연대, 시민의식이 자라는 공간이었습니다.

─• 커피가 만들어낸 새로운 인간관계

커피는 사람들 사이를 잇는 다리가 되어주었습니다. 그전까지는 가문, 직업, 계급, 종교에 따라 사람과 사람이 쉽게 어울릴 수 없었지만, 커피 하우스에서는 그 경계가 조금씩 흐려졌습니다. 왕족이나 귀족만의 공간이 아닌, 글을 쓰는 시인, 책을 읽는 상인, 소식을 전하는 신문 기자, 그리고 음악을 사랑하는 시민까지 서로 이름도 모른 채 커피로 연결되는 우정과 존중의 시간을 보낼 수 있었지요. 그러한 평등한 관계와 자유로운 대화는 결국 유럽 시민사회의 성장과 민주주의 형성에도 큰 자양분이 되었습니다. 지금 우리가 카페에 앉아 낯선 사람과 대화하거나, 혼자 조용히 책을 읽는 시간 또한 자유와 평등에서 비롯된 문화의 연장선이라 할 수 있습니다.

─• 예술과 커피
– 창작이 피어나는 테이블

커피는 사상의 뿌리일 뿐만 아니라 예술의 영감이 되어주기도 했습니다. 18세기와 19세기, 유럽의 예술가들은 카페라는 공간에서 그림을 그리고, 소설을 쓰고, 음악을 작곡했습니다. 독일의 괴테, 오스트리아의 슈베르트, 프랑스의 보들레르와 모네, 이탈리아의 푸치니와 베르디, 그리고 러시아의 도스토옙스키까지 수많은 예술가가 카페를 자신의 작업실이자 무대로 삼았지요. 그들은 커피 한 잔 앞에서 사유하고, 사람들과 부딪히고, 도시의 냄새와 소리를 흡수하며 자신만의 예술 세계를 펼쳤습니다. 그렇게 예술은 커피가 머문 시간 속에서 태어나고, 익어가고, 남겨졌습니다.

이미지 출처: odleian Library, University of Oxford, Wikimedia Commons, Public Domain

—• 일상 속 카페
- 도시인의 새로운 쉼표

이러한 철학과 문화, 예술의 자취는 곧 유럽의 일상적인 풍경으로 자연스럽게 스며들었습니다. 이제 카페는 특별한 사람들의 공간이 아니라 누구나 들를 수 있는 삶의 일부가 되었고, 도시인들은 이곳에서 아침을 맞이하고, 오후의 고요를 견디며, 저녁의 사색을 마무리하곤 했습니다. 카페는 단순히 '커피를 파는 곳'이 아니었습니다. 생각을 정리하고, 감정을 다듬고, 관계를 이어주는 장소, 때로는 혼자이되 외롭지 않은 시간을 선물하는 그런 공간이 되어갔지요.

─● 공간이 된 철학
— 유럽 카페의 아름다움

유럽의 카페가 단지 커피를 마시는 곳을 넘어 사람들이 머물고 생각을 나누는 장소로 자리 잡게 되면서, 그 공간 자체의 의미도 점점 더 확장됐습니다. 우선 건축과 인테리어의 변화부터가 그렇습니다. 19세기 파리의 카페들은 천장에 샹들리에를 달고, 벽면에는 대형 거울과 회화가 걸며, 대리석 테이블과 고풍스러운 나무 의자를 놓았습니다. 그 모습은 지금도 파리의 카페 드 플로르(Café de Flore)나 레 되 마고(Les Deux Magots) 같은 역사 깊은 카페에서 그대로 느껴보실 수 있습니다. 또한 오스트리아 빈의 카페 자허(Café Sacher)는 그 자체로 하나의 예술 작품처럼 아름답고 격조 높은 분위기를 자랑하며, 비엔나커피와 함께 고전음악의 선율이 흐르는 공간을 만들었습니다. 이처럼 유럽의 카페는 '공간의 철학'을 품은 장소입니다. 그곳에서는 빠르게 지나가는 시간이 아닌, 조금 느리게 흐르는 사유의 순간이 중심이 되지요.

─• 커피는 시대를 담는 그릇

커피는 그 시대를 살아가는 사람들의 삶과 감정, 생각과 욕망을 담아내는 '그릇'과도 같았습니다. 유럽의 카페에 앉아 있는 사람들을 보면, 그저 커피를 마시기 위해 온 것이 아니라, 어떤 마음을 정리하고 싶거나, 누군가와 깊은 대화를 나누기 위한 이유로 찾는 경우가 많았습니다. 그들의 손에는 커피 한 잔이 들려 있었고, 그 잔 안에는 말하지 못한 고백, 막 떠오른 아이디어, 잊고 있던 기억들, 혹은 막 피어나는 사랑이 담겨 있었지요. 그렇게 커피는 하루의 기분을 정리하고, 감정의 여운을 조율하는 음료가 되었습니다.

─• 카페에서 태어난 문학, 카페를 그린 문학

유럽의 많은 문학 작품들 속에서도 카페는 중요한 배경이 되어 왔습니다. 작가들은 카페에서 글을 썼고, 그 카페 안의 사람들과 풍경은 그들의 작품 속 인물과 장면으로 살아 숨 쉬게 됩니다. 헤밍웨이는 파리의 카페에 앉아 『태양은 다시 떠오른다』를 썼고, 장 폴 사르트르와 시몬 드 보부아르는 생제르맹 거리의 카페에서 실존주의 철학을 논하며 그 시대 젊은이들에게 강렬한 영향을 주었습니다. 커피 한 잔이 하나의 문장으로, 테이블 위의 잔잔한 울림이 여운 가득한 소설의 결말로 이끌었습니다. 이 모든 창작의 첫 불씨는 유럽의 조용한 카페에서 시작된 것입니다.

─• 지금 우리 곁에 남아 있는 유럽의 카페 정신

전 세계 곳곳에는 다양한 모습의 카페가 존재합니다. 프랜차이즈 브랜드부터 로컬 로스터리, 테이크아웃 전문점까지 그 수많은 카페 속에서 우리는 여전히 커피를 통해 무언가를 기대합니다. 그 기대 속에는 유럽에서 시작된 커피 문화의 정신과 철학이 남아 있습니다.

'조금 더 머물러도 괜찮은 자리'
'서로 다름을 존중하며 나눌 수 있는 시간'
'혼자 있어도 외롭지 않은 공간'
'하루를 차분하게 정리할 수 있는 향기'

이 모든 것이 바로 카페라는 공간이 주는 선물이며, 그 뿌리는 유럽의 커피 문화에서부터 비롯된 것입니다.

─• 커피 한 잔으로 이어지는 세계

커피는 에티오피아의 고지대에서 처음 발견된 열매에서 시작되어, 아라비아에서 문화로 피어났고, 유럽에서는 사상과 예술, 일상의 철학으로 정착했습니다. 그 과정에서 사람들은 커피 한 잔을 통해 서로의 생각을 이해하고, 마음을 나누며, 더 나은 세상을 상상했습니다. 지금 우리가 앉아 있는 이 작은 카페에서, 그 향기를 맡고 따뜻한 잔을 손에 쥐는 이 순간, 우리도 그 긴 이야기의 한가운데에 함께 머물고 있겠지요. 커피는 그렇게 시대를 건너 우리 곁에 도착한 아주 깊고 부드러운 인사입니다.

한국의 다방부터 제3의 물결까지

─• 커피, 한국인의 마음을 데우다

오늘날의 대한민국은 커피 공화국이라 불릴 만큼 카페의 수가 많고, 다양한 커피 취향이 존재하는 나라입니다. 출근길에 들르는 테이크아웃 커피부터, 공간과 분위기를 함께 즐기는 로컬 카페, 정성스레 내려 마시는 핸드드립 커피까지 이제 커피는 한국인의 삶에 빼놓을 수 없는 존재가 되었습니다. 그런데 그 시작은 결코 화려하지도, 쉽지도 않았습니다. 그렇기에 커피는 이 땅에 아주 조심스럽게, 서서히 우리의 하루와 감정에 스며들었습니다.

이번 장에서는 커피가 한국인의 삶 속에 어떻게 자리 잡았는지, 그리고 다방에서 커피로, 제3의 물결에 이르기까지 어떤 문화적 여정과 정서적 변화를 거쳐왔는지 그 이야기를 따뜻하게 풀어드리려 합니다.

—• 고종 황제의 '가배차'

– 커피의 첫 등장

한국에서 커피가 처음 기록된 시점은 대한제국 시대, 고종 황제의 이야기에서 시작됩니다. 1895년, 일본군에 의해 명성황후가 시해되는 을미사변이 발생하자, 고종은 러시아 공사관으로 거처를 옮깁니다. 이후 1년 넘게 '아관파천'을 이어가던 중, 서양 외교관들과의 교류 속에서 고종은 생전 처음 커피를 접하게 되었다고 전해집니다. 당시 이 음료는 '양탕국(洋湯)'이라 불리며 유럽과 마찬가지로 진한 검은색과 생소한 향으로 인해 일반 백성에게는 매우 낯설고 생경한 존재였습니다. 이후 '가배차(咖啡)' 또는 '가비차(珈琲)'라는 이름으로 불리며 궁중과 상류층을 중심으로 아주 천천히 퍼지기 시작합니다. 그 커피 한 잔은 그저 외국 문물에 대한 호기심을 넘어, 당시 조선이 겪고 있던 혼란과 근대화, 그 경계에 선 고종의 감정과도 겹쳐졌을 것입니다. 고종이 커피를 마시며 어떤 생각을 했을지, 그 잔 위로 어떤 불안과 기대가 피어올랐을지 상상해보면 우리도 그 시대의 공기와 조금은 가까워지는 느낌이 듭니다.

—• 일제강점기, 경성 다방의 탄생

20세기 초, 한국은 일제강점기를 맞이하며 모든 분야에서 급격한 변화를 경험하게 됩니다. 그중 하나가 도시의 일상과 문화였고, 그 흐름 속에서 다방(茶房)이라는 공간이 생겨납니다.

일본에서 들어온 '다방'은 차와 커피를 파는 카페의 형태로, 1920~30년대 경성(서울) 중심가에 하나둘 생기기 시작합니다. 경성역 주변, 종로, 명동, 충무로에는 문인, 화가, 기자, 배우들이 드나들며 당시의 신문물과 새로운 예술을 이야기하던 공간이 되었습니다. 초기의 다방은 유럽풍의 가구와 조명, 나무 바닥과 레이스 커튼으로 꾸며졌으며, 커피뿐 아니라 음악과 시, 그림이 함께 존재하는 종합 예술 공간의 느낌을 주었습니다. 특히 그 공간 속에서 쓰이고 낭독되던 시들은 한국 문학사에도 큰 발자취를 남기게 됩니다. 대표적으로 이상, 김기림, 정지용 같은 시인들이 다방을 자주 찾았으며, 그곳에서 창작의 영감을 얻곤 했다고 하지요. 커피는 그렇게, 한국인에게 단순한 음료가 아니라 정신적 휴식과 표현의 통로가 되어주었습니다.

이미지 출처: 서울역사박물관 아카이브, 공공누리 제1유형

─• 해방 이후, 한국인의 일상으로 스며든 다방

1945년 해방을 맞이한 뒤, 다방은 새로운 전기를 맞이하게 됩니다. 서울은 물론, 부산과 대구, 광주 등 주요 도시에 수많은 다방이 문을 열기 시작하지요. 이 시기의 다방은 고급문화의 분위기에서 서민적이고 친근한 공간으로 바뀌게 됩니다. 사람들은 커피 한 잔을 앞에 두고 사랑을 고백하고, 시를 낭송하고, 사업을 논의하거나 세상사를 이야기했습니다. 1950년대 이후 한국전쟁의 상흔 속에서도 사람들은 다방을 통해 잠시나마 위안과 여유를 찾았습니다. 그 다방은 연인들의 아지트가 되었고, 때로는 퇴근 후 홀로 사색을 즐기는 이의 쉼터가 되었으며, 정치와 사회를 토론하는 공론의 장이 되기도 했습니다. 당시 다방에서는 손님 한 명 한 명에게 개성 있게 커피를 내어주는 문화가 있었고, 바리스타처럼 숙련된 다방 종업원들이 각자만의 방식으로 커피에 '손맛'을 더하곤 했습니다.

─• 음악다방과 7080 낭만
– 감성의 공간이 되다

1960~70년대에는 다방의 문화적 색채가 더욱 짙어집니다. 이 시기 등장한 것이 바로 '음악다방'으로 LP판과 카세트테이프, DJ와 신청곡, 엽서 사연 등으로 꾸민 공간이었습니다. 특히 대학가를 중심으로 생겨

난 음악다방들은 청춘들의 감성 충전소 역할을 톡톡히 했고, 문학과 음악, 연애와 이상이 커피 향과 함께 진하게 녹아들었습니다. "커피 한 잔 시켜놓고"로 시작하는 가수 김추자의 노래처럼, 커피 한 잔은 청춘의 상징이자 그 시절을 살아낸 이들의 휴식처였던 것이지요. 이 시기의 커피는 여전히 드립보다는 인스턴트커피가 대세였습니다. 하지만 사람들은 그 한 잔에 조금의 설탕과 프림을 더하며, 자신만의 비율과 방식으로 정서적 취향을 담아냈습니다.

─• 한국만의 발명품, 커피믹스의 시대

1976년, 한국에는 아주 특별한 커피가 등장하게 됩니다. 바로 '커피믹스'입니다. 동서식품에서 세계 최초로 출시한 이 제품은 커피, 프림, 설탕을 한 포에 담아 시간 장소 상관없이 뜨거운 물만 있으면 간편하게 마실 수 있는 혁신적인 발명품이었습니다. 이 커피믹스는 당시 급속한 산업화가 진행 중인 한국 사회에 탁월하게 어울리는 음료였습니다. 빠르게 움직여야 하는 공장 노동자, 사무실의 사원들, 군부대의 장병들까지 모두가 커피믹스 한 잔으로 피곤을 이겨내고, 하루의 리듬을 맞춰 갔습니다. 이는 지금까지도 이어져 대한민국 근현대사의 일상 속 기억으로 깊게 스며들어 있습니다.

─• 카페의 등장

– 도시의 풍경이 바뀌다

1990년대에 들어서면서, 한국에는 새로운 바람이 불기 시작합니다. 커피를 단순히 마시기보다, 공간을 경험하고 분위기를 느끼며 '머무는 시간'으로의 가치를 찾는 사람들이 늘어나게 됩니다. 이 무렵 등장한 것이 바로 카페입니다. 초창기 카페는 홍대, 신촌, 대학로, 강남 등지에 생기기 시작했고, 젊은 예술가와 디자이너, 감성을 중요시하는 청년층에게 큰 사랑을 받게 됩니다. 그 안에서는 잔잔한 음악이 흐르고, 책을 읽고, 혼자 혹은 둘이 차분한 시간을 보내는 풍경이 펼쳐졌습니다. 이 시기의 카페는 이전의 다방과 달리 '자기만의 시간'을 허용하는 공간이라는 점에서 차별점이었고, 그 카페들 사이에는 디자인, 메뉴, 음악 등 독특한 아이덴티티를 가진 '개성 있는 브랜드'들이 생겨나기 시작합니다.

─• 프랜차이즈의 시대

– 커피, 모두의 음료가 되다

2000년대 초반, 한국 커피 시장에 큰 전환점이 찾아옵니다. 바로 글로벌 커피 프랜차이즈의 등장이었지요. 그 중심에는 스타벅스가 있었습니다. 1999년 이화여대 앞에 첫 매장을 연 스타벅스는 기존의 다방이나 소규모 카페와는 다른, 매우 새롭고 세련된 공간으로 등장했습니다. 영어로 적힌 메뉴판, 개방형 바, 커다란 창가 자리, 그리고 테이크아웃 컵 등 한국 사회에는 큰 충격이자 신선함이었지요. 이후 할리스, 커피빈, 탐앤탐스, 이디야 등 국내 외 수많은 프랜차이즈가 생겨나며 '누구나 커피를 즐길 수 있는 시대'가 열리게 됩니다. 프랜차이즈 카페는 깨끗하고 편리하며 혼자 앉아 있어도 어색하지 않고, 장소를 불문하고 익숙한 맛과 경험을 제공한다는 장점으로 빠르게 대중화됩니다. 특히 도시 생활과 1인 문화가 떠오르던 한국 사회에서 프랜차이즈 카페는 출근 전 브리핑을 준비하는 직장인의 자리이자, 대학생의 과제를 위한 책상이며, 중년의 휴식처이자, 연인의 데이트 장소가 되었습니다.

이미지 출처: Christian Bolz, Wikimedia Commons, CC BY-SA 4.0

─• 제3의 물결

– 커피는 '취향'이 되었습니다

그렇게 '누구나 즐길 수 있는 커피'가 자리 잡은 이후, 새로운 흐름이 등장합니다. 이것이 바로 커피 업계에서 말하는 '제3의 물결(The Third Wave)'입니다. 제3의 물결이란 커피를 단순한 상품이나 음료가 아니라, 장인 정신이 담긴 식문화의 일부로 보고 그 원산지, 품종, 재배 환경, 로스팅 방식, 추출 도구 등 모든 과정에 정성과 취향을 담는 흐름을 의미합니다. 한국에서도 2010년대 초반부터 스페셜티 커피 브랜드들이 하나둘 생기기 시작했습니다. 대표적으로 펠트, 프릳츠, 커피 리브레, 센터커피 같은 로스터리 기반의 브랜드들이 생기며 '맛있는 커피'에 대한 사람들의 인식이 바뀌기 시작했지요. 이들은 커피를 '잘 볶는 것'만큼이나 어디서, 어떻게 자라고, 누가 키웠는지를 말하는 것을 중요하게 여겼습니다. 손님에게 단지 한 잔을 파는 것이 아니라 그 커피의 '이야기'를 함께 전달하는 것을 사명으로 여겼지요.

─• 커피 취향의 다채로운 시대

이제 한국인의 커피 취향은 한마디로 설명하기 어려울 정도로 다양해졌습니다. 아침에는 프랜차이즈 라떼 한 잔을 들고 출근하고, 점심에는 로컬 로스터리에서 브루잉 커피를 마시며 리프레시하고, 저녁에는 분위기 좋은 카페에서 디저트와 함께 디카페인 커피로 하루를 정리합니다. 어떤 날에는 진한 이탈리안 에스프레소가, 또 어떤 날에는 산뜻한 내추럴 에티오피아가 어울립니다. 이처럼 한국의 커피 문화는 '표준화된 맛'을 넘어서 자신만의 감성과 취향, 생활 방식에 맞춘 선택으로 진화했습니다.

—• 동네 카페, 커피와 삶이 만나는 자리

최근 들어 눈에 띄는 흐름 중 하나는 로컬 중심의 카페 문화입니다. 대형 프랜차이즈가 아니라 자신만의 철학과 레시피, 음악과 조명, 테이블 배치를 가진 '나만 알고 싶은 카페'가 늘고 있지요. 그런 공간은 커피뿐 아니라 사람과 공간, 일상과 쉼이 자연스럽게 엮이면서 진정한 의미의 로컬 커뮤니티를 만들어가고 있습니다. 뷰66 또한 그런 철학을 담고 있는 공간 중 하나입니다. 단순히 메뉴를 제공하는 것이 아니라, 커피를 통해 누군가의 마음을 헤아리고, 오늘 하루를 조금 더 따뜻하게 만들어주는 '작지만 소중한 시간'을 만들어드리고자 합니다.

—• 커피는 우리 삶의 일부입니다

처음 커피가 고종 황제의 입술에 닿던 순간부터, 경성의 다방, 7080

음악다방, 커피믹스, 프랜차이즈, 그리고 제3의 물결과 로컬 카페에 이르기까지 한국에서의 커피는 단순한 음료가 아니었습니다. 그것은 우리가 살아온 시대의 감정과 기억, 어떤 하루를 위로받고 싶은 마음, 그리고 나를 표현하는 방식 그 자체였습니다. 지금 이 순간 커피를 마시고 계신다면, 그 한 잔 안에 담긴 긴 여정과 조용한 이야기를 한 번 떠올려 보시면 어떨까요? 우리는 모두 커피 한 잔을 통해 조금 더 나은 하루, 조금 더 따뜻한 마음을 향해 한 걸음씩 나아가고 있는지도 모릅니다.

바리스타, 그 이름의 무게

─• 커피를 만드는 사람이 아니라, 하루를 기억하는 사람

당신이 커피를 주문하고 기다리는 그 짧은 몇 분 동안, 바로 앞에서 커피를 내리는 그 사람을 한 번쯤 찬찬히 바라보신 적 있으신가요? 어떤 날은 아침을 깨우는 에스프레소를 내리고, 어떤 날은 부드러운 라떼의 거품을 세심하게 다듬으며, 또 어떤 날은 묵묵히 커피를 내리는 그 사람. 바로 그들이 바리스타(Barista)입니다. 우리에게는 너무나 익숙한 이 직업명 뒤에는 생각보다 훨씬 깊고 조용한 책임감이 담겨 있습니다.

이번 장에서는 '바리스타'라는 이름에 담긴 의미, 그리고 커피 뒤에 숨어 있는 이들의 이야기, 철학, 감정을 함께 들여다보려 합니다.

─• 바리스타라는 이름의 시작

'바리스타(Barista)'라는 단어는 이탈리아어로 '바(Bar)'에서 일하는 사람'을 뜻합니다. 원래는 커피뿐 아니라 술이나 음료 전반을 만드는 사람을 지칭하는 용어였지요. 하지만 오늘날에는 전 세계적으로 '커피를 만드는 전문가'라는 뜻으로 쓰이고 있습니다. 커피 한 잔을 만들기까지 바리스타는 수많은 판단을 해야 합니다. 오늘 볶은 원두의 상태는 어떤지, 추출 시간은 적절한지, 스팀 밀크의 온도와 질감은 어떤지, 그리고 무엇보다 이 커피를 마시는 사람의 기분까지요. 그 모든 것을 조용히, 그러나 섬세하게 관찰하고 조율하며 당신 앞에 놓인 한 잔을 완성하는 사람. 그 사람이 바로 바리스타입니다.

—• 바리스타의 하루, 작지만 치열한 무대

바리스타의 하루는 대부분 아침보다 먼저 시작됩니다. 매장을 열기 전, 기계를 워밍업하고, 추출기의 압력을 맞추고, 그날 사용할 원두를 점검하며 온도와 습도에 따라 추출 세팅을 미세하게 조정합니다. 그리고 손님이 들어오는 순간부터 매장 안은 하나의 무대가 됩니다. 커피를 내리는 손동작, 우유를 스티밍하는 소리, 잔 위에 올라가는 라떼아트 한 줄기까지 모든 것은 바리스타의 몸과 마음이 만들어내는 작은 예술입니다. 하지만 동시에 바리스타는 끊임없는 속도와 정확성을 요구받는 직업이기도 하지요. 점심시간 피크에는 몇십 잔의 커피를 몇 분 안에 완벽히 만들어내야 하고, 누구보다 빠르게, 그러나 흔들림 없는 집중력으로 모든 커피가 같은 퀄리티를 유지하도록 해야 합니다. 그러나 무엇보다 중요한 것은 한 잔 한 잔에 마음을 담는 일입니다. 그 커피를 받는 사람의 표정, 오늘의 기분, 원하는 온도 그 모든 것을 읽어내는 감정 노동이 바로 바리스타의 진짜 기술이라 할 수 있습니다.

—• 바리스타라는 직업의 현실
– 보이지 않는 무게

많은 분이 카페에서 바리스타를 보면 "멋있다", "감성적이다", "자유롭다"라는 이미지를 먼저 떠올리십니다. 그 감탄에는 충분한 이유가 있지요. 커피를 능숙하게 다루고, 손님과 소통하며, 바쁜 공간 안에서도 여유를 잃지 않는 그 모습은 분명 하나의 퍼포먼스처럼 매력적입니다. 하지만 겉으로 보이는 그 멋진 순간들은 수많은 반복과 훈련, 체력적 부담과 감정 노동을 이겨내고 비로소 빛나는 결과입니다. 바리스타는 종일 서서 일합니다. 몇 시간씩, 하루 수백 잔의 커피를 만들며, 무릎과 허리, 손목, 어깨에 무리가 갈 수밖에 없는 일상이 반복되지요. 특히 손님이 몰리는 시간대에는 한 잔 한 잔에 집중하면서도 빠른 속도를 요구받습니다. 여름철에는 한 사람이 수십 잔의 아이스 음료를 쉼 없이 제조해야 하고, 겨울철에는 뜨거운 스팀기와 커피 추출기의 열기 속에서 땀을 흘리며 일해야 합니다. 그뿐만 아니라, 감정적으로도 항상 웃는 얼굴로 손님을 맞이하고, 불만과 컴플레인에도 차분히 대응해야 하며 예상치 못한 오해나 감정의 분노까지 고스란히 감내해야 하는 경우도 있습니다. 그 모든 과정은 '커피 한 잔을 맛있게, 예쁘게, 정성스럽게'라는 단순한 결과를 위해서 이루어집니다. 그래서 바리스타는 몸보다 마음이 먼저 지칠 때도 잦습니다.

—• 이름 앞에 붙은 '전문가'라는 책임

요즘은 커피가 워낙 대중화되다 보니 바리스타를 '누구나 할 수 있는 직업'으로 보는 시선도 있습니다. 하지만 바리스타라는 명칭은 단순한 직업명이 아니라 전문성과 책임을 품은 이름입니다. 스페셜티 커피가 대중화되면서 바리스타에게 요구되는 지식과 기술은 점점 더 깊고 넓어졌습니다.

- 생두의 품종과 재배 지역
- 프로세싱 방식(워시드, 내추럴, 허니 등)
- 로스팅 프로파일
- 추출 도구별 변수
- 분쇄 입자 크기
- 물의 온도와 미네랄 농도
- 고객의 취향과 트렌드 파악

이 모든 것을 숙지하고 응용하며 매일매일의 커피를 안정적으로 만들어내는 사람이 진정한 바리스타입니다. 게다가 이제는 서비스 전문가로서 자질까지 중요해졌습니다. 단순히 커피를 만드는 것을 넘어, 손님의 컨디션을 파악하고, 대화를 통해 어울리며, 때로는 하루를 밝히는 미소 하나로 커피보다 더 깊은 감동을 선사하는 것이 바로 현대 바리스타의 역할입니다.

—• 커피는 바리스타의 언어입니다

바리스타는 말보다는 손으로 말합니다. 소리보다는 향으로 마음을 전합니다. 당신이 조용히 아메리카노를 주문했을 때, 바리스타는 이렇게 생각합니다.

'오늘은 조금 고단하신가 보다. 부드러운 산미보다는, 균형 잡힌 바디감을 선택해 드려야겠지.'

라떼를 요청하신다면,

'우유 거품을 조금 더 조밀하고 따뜻하게 올려 드려야지. 그 부드러움이 오늘 하루를 감싸줄 수 있기를.'

이처럼 바리스타는 단지 '레시피'를 따르는 것이 아니라 손님 한 분한 분의 시간과 감정을 읽어내는 사람입니다. 그리고 커피는 그 바리스타가 준비한 작은 손편지 같은 존재입니다.

'당신을 이해하고 싶습니다.'

'오늘 하루 잘 보내시기를 바랍니다.'

'이 커피가 당신의 마음에 잠깐이나마 머물 수 있기를.'

그렇게 커피는, 바리스타의 언어이자 마음을 담은 위로가 됩니다.

—• 바리스타가 되기로 마음먹은 순간들

많은 분이 묻습니다.

"왜 바리스타가 되셨어요?"

그 대답은 사람마다 조금씩 다르지만, 그 안에는 하나의 공통된 진심이 있습니다.

"커피를 좋아해서요."

어떤 이는 대학 시절, 작은 골목길 카페에서 마셨던 첫 드립 커피의 향을 잊지 못해 바리스타를 꿈꿨고, 어떤 이는 여행 중 들렀던 외국의 카페에서 친절한 바리스타에게 받았던 한 잔의 감동을 평생 기억하고 싶어 이 길을 걷게 되었다고 말합니다. 누군가는 음악이나 미술을 하다가 감각의 연장선으로 커피를 만났고, 누군가는 책과 글을 사랑하다가 사람 냄새 나는 공간에서 마음을 나누는 커피를 만나게 되었지요. 그렇게 바리스타가 되는 이유는 돈이나 안정 때문이 아니라, 결국 사람과 마음을 잇는 커피의 힘을 믿기 때문입니다.

─• 성장이라는 이름의 시간

바리스타는 단 한 번에 완성되지 않습니다. 단순한 커피 제조 기술을 익히는 데는 몇 개월이면 충분하지만, 한 잔의 커피에 '마음'을 담기까지는 몇 년이고, 어떤 사람에게는 평생이 걸릴 수도 있습니다. 처음에는 추출기를 다루는 것도 익숙하지 않았고, 추출 온도와 시간, 원두와 물 비율을 맞추는 것이 어렵게 느껴졌습니다. 실수도 잦았고, 손님의 반응에 마음을 졸이기도 했습니다. 하지만 하루하루 쌓아가는 경험 속에서 바리스타는 커피만큼이나 자신의 마음을 가다듬고 조율하는 법을 배워갑니다. 무거운 하루를 안고 들어오는 손님을 향해 아무 말 없이 따뜻한 라떼를 건네는 손길. 그 손길 속에는 기술이 아니라 공감과 배려, 존중이 담겨 있습니다.

그렇게 바리스타는 커피를 만들면서 조금씩 사람을 더 깊이 이해하게 됩니다. 그리고 그것이야말로 바리스타라는 직업이 단순한 기술자가 아닌 '사람을 위한 직업'임을 보여주는 증거입니다.

─• 가장 큰 보람

– "오늘 커피, 참 좋았어요."

바리스타에게 가장 큰 선물은 돈도, 칭찬도, 높은 자리도 아닙니다. 커피 한 잔을 다 마신 손님이 잔을 내려놓으며 조용히 건네는 한마디이죠.

"오늘 커피, 참 좋았어요."

그 짧은 말 한마디가 하루의 피로를 녹이고, 내가 이 일을 왜 시작했는지를 다시 떠올리게 해줍니다. 또 어떤 날은 한 손님이 말없이 카페를 나서며 살짝 미소만 지어주고 가시지요. 그 순간 바리스타는 알게 됩니다.

'오늘 커피가 그분의 하루를 조금은 따뜻하게 만들어드렸구나.'

바로 바리스타가 이 일을 버티고, 견디고, 사랑할 수 있는 이유입니다.

—• 바리스타의 꿈
– 하루를 바꾸는 한 잔

바리스타는 거창한 꿈을 꾸지 않습니다. '커피로 세상을 바꾸겠다'기보다는, 오늘 하루 한 사람의 기분을 바꿀 수 있다면, 그걸로 충분하다고 생각합니다. 그 잔잔한 바람이 결국은 사람을 바꾸고, 관계를 바꾸고, 세상을 조금 더 따뜻하게 만든다고 믿는 사람들이지요. 누군가에게는 생애 첫 커피, 누군가에게는 이별 후의 위로, 또 다른 누군가에게는 새로운 시작의 한 페이지가 될지도 모르는 한 잔. 바리스타는 그 순간의 의미를 잘 압니다. 그래서 매번 같은 손길로, 그러나 매번 다른 마음으로, 커피를 내립니다.

—• 바리스타의 윤리
– 기술보다 중요한 것

바리스타는 매일 수많은 사람을 만납니다. 커피를 만들기 전에 먼저 사람을 이해해야 하는 이 직업은 서비스 직종이면서 동시에 철학이 요구되는 일이기도 합니다. 한 잔의 커피를 만들기 위해 지켜야 할 가장 기본적인 윤리는 바로 진심과 정직, 그리고 청결입니다. 내가 내리는 커피를 어떤 어린아이가 마실 수도 있고, 임산부나 어르신이 마실 수도 있습니다. 그래서 바리스타는 항상 기계의 위생 상태를 점검하고, 재료의 유통기한과 품질을 확인하며, 기본적인 청결 수칙을 철저하게 지키는 데 마음을 씁니다. 또한 아무리 바쁜 상황이라 해도 커피 한 잔을 대하는 태도는 흐트러지지 않아야 합니다. 그 커피를 받는 사람에게는 '오늘의 첫 한 모금', '누군가와의 중요한 대화'일 수 있기에 바리스타는 항상 마음을 담아야 한다는 것을 알고 있습니다.

—• 커피에 담긴 철학
– 작지만 깊은, 느린 예술

커피는 빠르게 만들 수도 있지만, 정말 좋은 커피는 느리게, 천천히, 섬세하게 만들어집니다. 바리스타는 이 사실을 너무도 잘 압니다. 그래서 가능한 손끝에 정성을 담고, 한 모금 한 모금이 입안에 퍼질 때 고객의 마음에도 잔잔한 여운이 남기를 바랍니다. 이 철학은 단지 커피를 위한 것이 아니라, 삶을 대하는 자세이기도 합니다. 더 많이, 더 빨리, 더 효율적으로만 요구되는 세상에서 바리스타는 이렇게 말하는 듯합니다.

"조금 느려도 괜찮아요. 천천히 만들어진 커피가 더 깊은 향을 품듯, 천천히 다가가는 마음이 더 오랫동안 따뜻하니까요."

─• 바리스타와 손님
─ 짧지만, 깊은 인연

바리스타와 손님의 관계는 보통 길어야 몇 분입니다. 하지만 그 짧은 순간 동안 따뜻한 인연이 시작되기도 합니다. 매일 아침 같은 시간, 같은 커피를 주문하는 손님에게 "오늘은 우유 거품을 조금 더 부드럽게 올려드릴게요"라며 조용히 맞춤 메뉴를 건네는 바리스타의 배려. 그런 마음은 시간이 쌓일수록 관계를 만듭니다. 정말 가끔은 손님이 커피를 받고 울컥하며 "요즘 많이 힘들었는데, 이 커피가 위안이 되네요"라고 말씀하시는 날도 있습니다. 그 순간 바리스타는 깨닫습니다. 나는 단지 커피를 내리는 사람이 아니라, 누군가의 마음을 데우는 사람이구나.

─• '바리스타'라는 이름에 대하여

세상에는 수많은 직업이 있지만, '바리스타'만큼 감정과 기술, 철학과 배려가 함께 요구되는 일도 드물 것입니다. 그들은 매일 아침 무게감 있는 이름을 가슴에 새기고 기계를 켜고, 물을 끓이고, 원두를 갈아냅니다. 그리고 마침내 당신의 앞에 커피 한 잔을 내려놓습니다. 그 커피는 단지 음료가 아니라 오늘 하루를 시작하는 용기일 수도 있고, 지친 오후를 견디게 해주는 다정함일 수도 있으며, 어쩌면 말없이 마음을 건네는 작은 위로일 수도 있습니다. 그래서 우리는 바리스타를 '커피를 만드는 사람'이 아니라, '하루를 기억하는 사람'이라고 부르고 싶습니다. 바리스타라는 이름. 그 이름은 오늘도 커피 위로 조용히 내려앉아 당신의 마음에 다정한 무게로 닿고 있습니다.

2장
맛으로 읽는
음식의 시간

브런치의 탄생 : 아침과 점심 사이의 문화

—• 천천히 그리고 정성스럽게 삶을 마주하는 식사

토요일 아침, 조금 늦잠을 자고 일어난 날. 햇살이 창가를 따라 조용히 내려앉고, 전날의 피곤함은 아직 몸속 어딘가에 남아 있는 듯합니다. 배가 고프지만, 아침밥은 지나갔고, 점심을 먹기에는 이른 시간입니다. 그럴 때 우리 마음속에 떠오르는 것이 있지요. 바로 '브런치'입니다.

브런치는 단순히 두 끼를 하나로 합친 식사가 아닙니다. 그것은 삶을 조금 더 여유롭게 바라보고자 하는 마음, 사람과 시간을 천천히 즐기고자 하는 문화의 표현입니다.

이번 장에서는 '브런치'라는 이름 뒤에 숨겨진 역사와 변화, 그리고 현대의 도시인들이 브런치를 통해 무엇을 추구하고 있는지를 따뜻하게 풀어보려 합니다.

─• 브런치란 무엇인가요?

이미지 출처: 핀터레스트

　'브런치(Brunch)'는 잘 아시다시피 아침이란 의미의 'Breakfast'와 점심이란 의미의 'Lunch'의 합성어입니다. 즉, 아침과 점심 사이에 먹는 식사를 뜻하지요. 일반적으로 오전 10시부터 오후 2시 사이에 먹는 식사를 의미하며, 아침 식사의 가벼움과 점심 식사의 든든함을 함께 담고 있는 그야말로 '절묘한 균형의 식사'입니다. 하지만 브런치가 단지 아침과 점심 사이의 식사를 의미하는 것은 아닙니다. 그 안에는 하루를 천천히 시작하고 싶은 마음 그리고 식사를 통해 감정과 교감을 나누고자 하는 문화적 욕구가 함께 녹아 있습니다. 그렇다면 이 아름다운 식사 문화는 언제, 어디에서, 어떻게 시작되었을까요?

─• 브런치의 기원
─ 영국 귀족들의 사냥 뒤 식사

브런치의 기원을 살펴보면, 19세기 영국 귀족 사회로 거슬러 올라가게 됩니다. 당시 영국 상류층 남성들은 주말 아침마다 '폭스 헌팅(Fox Hunting)'이라는 전통적인 사냥 놀이를 즐겼습니다. 이른 새벽부터 말을 타고 들판을 누비며 여우를 추적하고, 그 후 돌아오면 약간 출출해진 배를 달래기 위해 늦은 아침 식사를 준비했지요. 이때의 메뉴가 바로 고기, 계란, 토스트, 차, 와인 등이 포함된 풍성하고 느긋한 식사였는데, 이것이 훗날 '브런치'의 형태로 자리 잡게 됩니다. 당시 이 식사는 단지 허기를 채우는 기능을 넘어, 사회적 교류의 시간이기도 했습니다. 사냥 후 피곤한 몸을 달래며 사교와 대화를 즐기고, 그날의 일정을 함께 계획하는 여유로운 시간이었지요.

─• 'Brunch'라는 단어의 탄생

'브런치'라는 말이 처음 공식적으로 등장한 것은 1895년, 영국 『헌터스 위클리(Hunter's Weekly)』라는 잡지의 한 칼럼이었습니다. 칼럼니스트 가이 베링거(Guy Beringer)는 기존의 무거운 일요일 아침 식사를 대신할 좀 더 가볍고 쾌활한 식사를 제안하며 그 이름을 '브런치'라고 소개했습니다. 그는 "브런치는 신선하고 기분 좋은 식사이며, 사람들이 함께 어울릴 수 있는 사교의 시간이다"라고 표현했으며, 이 새로운 식문화는 곧 영국 젊은이들 사이에서 하나의 '라이프스타일'로 받아들여지기 시작했습니다.

─● 미국의 브런치
– 일요일의 소중한 여유

브런치는 곧 대서양을 건너 미국으로 가 전혀 다른 방식으로 꽃을 피우게 됩니다. 미국에서는 특히 도시의 중산층을 중심으로 브런치 문화가 퍼졌고, 그 중심에는 뉴욕과 시카고, 샌프란시스코 같은 대도시의 식도락 문화가 있었습니다. 20세기 중반, 미국 사회는 핵가족화와 주말 중심의 라이프스타일이 강화되며 일요일 브런치가 특별한 문화로 자리 잡게 됩니다. 일요일 아침이면 가족들은 가까운 식당이나 호텔 레스토랑에서 팬케이크, 오믈렛, 베이컨, 프렌치토스트, 스크램블 에그 등 다양한 요리를 주문하며 여유를 즐겼습니다. 그들은 천천히 커피를 마시며 한 주의 이야기들을 나누고, 조금은 늦게 시작한 하루에 만족감을 느꼈습니다. 이처럼 미국에서의 브런치는 단순한 식사 이상의 의미, 즉 휴식, 가족, 회복이라는 감정의 공간이 되었던 것이지요.

─• 브런치와 대중문화

– 영화, 책, 그리고 도시의 일상

20세기 후반부터 브런치는 단지 '특정 시간대의 식사'를 넘어 하나의 문화 코드로 자리 잡기 시작합니다. 특히 영화와 드라마, 소설, 패션 잡지 등에서 브런치를 즐기는 장면이 자주 등장하며 라이프스타일의 상징처럼 인식되기 시작했지요. 미국 드라마 〈섹스 앤 더 시티〉에서는 주인공 캐리와 친구들이 주말이면 맨해튼 브런치 카페에 모여 서로의 일상과 연애 이야기를 나눕니다. 그 장면들은 단지 대화를 위한 배경이 아니라, '도시 여성의 독립성과 자유로운 삶'을 상징하는 공간이었습니다. 또 영화 〈줄리 & 줄리아〉, 〈브루클린〉, 〈미 비포 유〉 등에서도 브런치 카페는 항상 따뜻한 햇살과 함께 등장하며 등장인물의 감정과 삶을 부드럽게 채워주는 장면으로 그려집니다. 이처럼 브런치는 어느 순간부터 도시인의 낭만, 여유, 그리고 나 자신을 위한 작은 사치의 대명사가 되었고, 그것은 곧 삶의 질을 이야기하는 방식이 되었습니다.

─• 현대인의 브런치

– 취향이 깃든 식탁

지금 우리의 브런치는 매우 다채롭고, 개성 있습니다. 어떤 날은 클래식한 아메리칸 브런치로, 또 어떤 날은 건강한 비건 브런치, 혹은 한식 요소를 더한 퓨전 브런치도 자주 등장하지요.

흔히 떠올리는 브런치의 대표 메뉴에는 다음과 같습니다.

˚ 에그 베네딕트(Eggs Benedict)

부드러운 수란과 짭짤한 햄, 그리고 고소한 홀랜다이즈 소스[2]가 어우러진 요리로 브런치의 상징처럼 여겨집니다.

˚ 아보카도 토스트

건강과 비주얼을 모두 잡은 메뉴로, 젊은 층 사이에서 특히 사랑받는 브런치 아이템입니다.

˚ 리코타치즈 샐러드

부드러운 치즈와 견과류, 과일이 어우러져 식사와 디저트 사이를 아우르는 느낌을 줍니다.

˚ 연어 오픈 샌드위치

훈제 연어, 크림치즈, 케이퍼, 딜 등 풍미 깊은 재료들이 조화를 이루는 인기 메뉴이지요.

---

2 홀랜다이즈 소스(Hollandaise sauce): 계란노른자를 베이스로 만드는 마요네즈의 일종

이외에도 프렌치토스트, 감자 뢰스티[3], 수란과 버터 토스트, 간장 새우 샐러드 등 다양한 식재료와 레시피가 개인의 취향과 만납니다. 무엇보다 브런치는 '무엇을 먹느냐'보다 '어떻게 먹느냐'를 더 중요하게 여깁니다. 바쁜 일상에서 잠시 벗어나 느긋하게 자신을 대접하는 시간, 그게 바로 브런치가 주는 선물입니다.

─● 브런치와 커피
‒ 절대적인 짝꿍

브런치에서 빠질 수 없는 것이 있다면 그건 바로 커피입니다. 브런치를 이야기할 때 커피를 함께 떠올리는 것은 아주 자연스러운 일이 되었습니다. 그 이유는 단순한 음료의 역할 때문만은 아닙니다. 커피는 브런치의 여유를 더욱 진하게 만들어주는 존재입니다. 풍성한 식사를 마친 뒤 마시는 커피 한 잔은 식사를 완성해주는 '마무리'이자, 조금 더 그 순간을 머물게 해주는 '감정의 여운'이 됩니다.

따뜻한 라떼와 달콤한 브런치 메뉴, 산미 좋은 콜드브루와 신선한 샐러드의 조화, 혹은 브런치 후 디저트와 함께 마시는 진한 아메리카노의 쌉쓸함. 이 모든 순간은 브런치라는 식사를 시간과 공간, 감정까지 포괄하는 경험으로 만들어줍니다.

3　뢰스티(roesti): 스위스의 감자 요리로 한국의 감자전과 유사함

─• 한국에서 브런치가 피어나다

─ 도시인의 새로운 일상

브런치라는 단어가 한국 사회에 본격적으로 자리 잡기 시작한 것은 2000년대 중반 이후부터였습니다. 초창기에는 외국에서 유학을 다녀 온 사람들, 해외여행 중 브런치를 경험한 이들 사이에서 작은 유행처럼 시작되었습니다. 서울의 이태원, 가로수길, 홍대 등 일부 지역에 '브런치 카페'라는 이름을 내건 가게들이 등장했고, 그곳은 자연스럽게 감각 있는 젊은이들의 문화 공간으로 발전했습니다. 이런 카페들은 단지 음식을 파는 곳이 아니라, 예쁜 인테리어와 그릇, 햇살 좋은 창가 자리, 그리고 인스타그램에 올릴 수 있는 감각적인 플레이팅까지 '브런치'를 하나의 라이프스타일 상품으로 제시했습니다. 점차 브런치는 주말 데이트 코스의 필수 코스가 되었고, 주부들의 소모임 장소이자, 혼자만의 사색과 독서, 창작을 위한 공간으로도 자리 잡았습니다.

─• 여유의 상징에서 일상의 위로로

한국 사회는 하루하루가 경쟁과 변화의 연속입니다. 그런 환경에서 '브런치'는 그 자체로 하나의 작은 반항이자 위로로 받아들여지기도 합니다. 빠르게 한 끼를 해결하는 것이 아니라, 잠시 멈추고 천천히 먹고 마시며, 내 몸과 마음을 돌아보는 시간 그게 바로 브런치의 숨겨진 매력이기도 하지요. 직장인에게는 주말 오전의 소중한 여유, 혼자 사는 청춘에는 정갈하게 차려낸 나를 위한 상차림, 부모님에게는 자녀와 함께 나누는 느긋한 대화의 시간. 브런치는 단순히 배를 채우는 식사를 넘어서 '내 삶을 소중히 여긴다'는 메시지를 담고 있습니다.

—• 브런치를 통해 나를 돌보는 방법

많은 분이 이렇게 말합니다.

"브런치를 즐길 때면, 왠지 내가 조금은 괜찮은 사람처럼 느껴요."

그건 어쩌면, 무심코 넘길 수도 있었던 아침을 의식적으로 준비하고, 좋은 재료를 선택하며, 조금은 정성을 담아 나를 위해 한 상을 차린다는 행위 자체가 자기 돌봄(self-care)의 가장 아름다운 형태이기 때문일 것입니다. 그래서 브런치는 혼자서도 충분히 즐길 수 있습니다. 좋아하는 그릇에 과일을 담고, 계란을 부드럽게 익히고, 향 좋은 커피를 직접 내려 마시며, 음악을 틀고 창을 열어 햇살을 드리우는 그 모든 순간이 바로 '브런치'가 되는 것이지요. 어쩌면 브런치는 '삶을 예쁘게 살아내려는 태도'일지도 모릅니다.

─• 뷰66에서 만나는 브런치

– 한 그릇에 담긴 온기

'브런치'라는 단어가 단순한 유행을 넘어 이제는 하나의 일상으로 자리 잡은 오늘, 카페 뷰66에서는 그런 브런치의 가치를 조용히 담아내고 있습니다. 리코타치즈 샐러드에는 장인 정신이 깃든 치즈가 들어가고,

이미지 출처: 뷰66마네쿠

소고기 타다끼는 채끝살을 볏짚에 태워 블루 레어 정도의 익힘으로 훈연하여 소고기의 육즙과 볏짚의 훈연 향을 담아내었고, 간장 새우장은 신선한 재료와 조화로운 간장 비율로 만들어지고, 연어 샐러드는 다시마에 숙성한 생연어의 감칠맛이 한 입 베어 물 때마다 퍼져 나오고, 샐러드는 하루를 산뜻하게 시작할 수 있도록 도와줍니다. 그 모든 메뉴 하나하나에는 '오늘, 당신이 천천히 살아갈 수 있도록' 도와드리고 싶은 마음이 담겨 있습니다.

—• 브런치가 말해주는 삶의 태도
– 천천히, 그러나 충만하게

브런치는 단순히 아침과 점심 사이의 끼니가 아닙니다. 그보다는 '삶을 천천히 즐기는 감각'을 의미한다고 해도 과언이 아닙니다. 이른 아침을 놓치고, 점심까지 배를 곯기엔 허기진 날 그때 우리는 브런치를 선택합니다. 하지만 그 선택 안에는 단지 배고픔을 채우는 것 이상으로 '오늘만큼은 조금 천천히 살겠다'는 작고 단단한 의지가 담겨 있습니다. 바쁜 도시의 삶, 쉼 없이 돌아가는 시곗바늘, 어깨에 얹힌 책임과 기대 속에서 브런치는 우리에게 이렇게 말해줍니다.

"괜찮아요. 오늘은 느리게 시작해도 됩니다. 당신은 충분히 소중하니까요."

그 말은 우리가 자신에게 건넬 수 있는 가장 다정한 위로이기도 하지요.

─• 브런치라는 작은 사치, 그러나 가장 따뜻한 위로

이미지 출처: 핀터레스트

삶이 힘겹게 느껴질 때, 누군가에게 위로를 건네고 싶을 때, 우리는 종종 밥 한 끼를 떠올립니다. "밥은 먹었어?"라는 말에는 그 사람의 안부와 마음, 그리고 당신이 소중하다는 정서가 담겨 있습니다. 브런치도 똑같습니다. 사랑하는 사람과 함께 나누는 브런치는 그저 배를 채우는 식사를 넘어, "지금 여기에 함께 있어 줘서 고마워"라는 작은 고백이 됩니다. 그리고 혼자 먹는 브런치도 '나 자신을 돌보는 일'을 잊지 않고 있다는 삶에 대한 책임이고 다짐이 되지요. 그래서 브런치는 '작은 사치'라는 말이 어울립니다. 많은 것이 필요하지 않지만, 그 안에 담긴 마음은 절대 작지 않기 때문입니다.

—• 아침과 점심 사이, 나와 세계 사이

'브런치의 시간'은 단순히 아침과 점심 사이의 공백을 메우는 것이 아 닙니다. 그 시간은 나와 세계 사이의 거리를 재조정하고, 나 자신과의 관계를 회복하는 순간이기도 합니다. 커피 향이 퍼지는 부엌, 토스트 위에 잼을 바르는 조용한 아침, 상대방의 눈을 바라보며 천천히 나누 는 이야기 그 모든 것들은 브런치라는 이름 아래 매일 아침 세상에 조 금씩 피어나는 아름다움입니다. 우리가 브런치를 대하는 방식은 결국 우리가 하루를 대하는 자세 그리고 삶을 얼마나 사랑하고 있는지를 보 여주는 것과 다름없습니다. 오늘도 브런치 한 끼가 당신의 하루를 조금 더 부드럽게 해주고, 이 책을 읽고 있는 이 시간이 당신에게 작은 여유 의 숨결이 되기를 소망합니다.

프랑스식 브런치 vs 미국식 브런치

—• 식탁 위에 담긴 문화,
　그 풍경의 차이에서 삶의 태도를 읽다

어느 늦은 주말 아침, 창밖으로 들어오는 부드러운 햇살 아래 한 손에는 따뜻한 커피, 다른 손에는 버터 향 가득한 크루아상을 들고 앉아 있다면, 그곳은 아마도 프랑스일 것입니다. 반면, 넓은 접시에 가득 담긴 스크램블 에그, 바삭한 베이컨, 팬케이크에 흘러내리는 메이플 시럽을 본다면 그건 미국식 브런치의 전형이지요. 이처럼 '브런치'라는 공통된 이름을 가지고 있으면서도 프랑스식과 미국식 브런치는 음식의 구성뿐만 아니라, 그 식사를 둘러싼 삶의 리듬과 태도, 미식에 대한 철학까지도 서로 다른 아름다움을 보여줍니다.

이번 장에서는 프랑스와 미국이 각자의 방식으로 만들어낸 브런치 문화를 살펴보며 그 안에 담긴 음식, 시간, 사람, 공간에 관한 이야기를 함께 나누고자 합니다.

─• 프랑스식 브런치의 풍경

– 섬세하고 우아하게, 적당한 여백 속에

프랑스식 브런치는 전통적인 의미에서 일찍이 '브런치'라는 개념으로 시작되진 않았습니다. 프랑스인들에게는 '아침을 간단하게, 점심은 풍성하게'라는 식문화가 뿌리 깊게 자리 잡고 있기 때문입니다. 프랑스의 전통적인 아침 식사는 커피(혹은 카페오레) 한 잔에 바게트 또는 크루아상 한 조각 그리고 간단한 잼이나 버터를 곁들이는 경우가 많습니다. 하지만 주말이나 특별한 날, 혹은 파리의 감각적인 브런치 카페에서는 이 단출한 아침 식사에 조금의 여유와 기분 좋은 사치를 더한 '프랑스식 브런치'가 마련됩니다.

─• 프랑스식 브런치의 기본 구성

° 크루아상 & 바게트

갓 구운 크루아상의 결을 하나씩 찢어먹는 순간, 그 안에 담긴 정성과 시간의 온기를 느낄 수 있습니다. 바삭한 바게트는 잼이나 꿀, 혹은 버터와 함께 제공됩니다.

° 프레시 치즈와 콜드컷[4]

카망베르, 브리, 생모르 등 다양한 연성 치즈와 얇게 썬 햄, 살라미, 훈제 연어 등은 식사의 균형을 이루는 주요 구성입니다.

° 신선한 계란 요리

스크램블, 오믈렛, 혹은 부드러운 수란으로 제공되며, 허브와 향신료가 절제되어 사용됩니다.

° 그린 샐러드와 과일

올리브 오일 드레싱을 살짝 뿌린 샐러드, 계절과일 몇 조각이 식사에 밝은 생기를 더합니다.

° 커피와 주스

진한 에스프레소나 카페오레, 혹은 홍차, 그리고 오렌지 또는 자몽 주스가 곁들여집니다.

프랑스 브런치의 가장 큰 특징은 모든 것이 조화롭고, 절제되어 있다는 점입니다. 과하지 않으며, 하나하나의 식재료가 고유의 풍미를 지닌 채 존중받는 구성이지요.

---

4 콜드컷(Cold cut): 델리미트라고도 불리며, 샌드위치 속에 넣는 얇은 햄과 치즈를 뜻함

이미지 출처: 핀터레스트

—• 프랑스식 브런치가 말하는 삶의 태도

　프랑스식 브런치는 겉으로 보이는 음식 구성보다 더 깊고 단단한 삶의 미학이 깃들어 있습니다. 그것은 바로 '적당한 여백을 즐기는 태도'입니다. 프랑스인들은 식탁 위에 많은 것을 올려놓기보다, 하나하나의 재료가 가진 본연의 향과 맛을 충분히 음미할 수 있도록 구성합니다. 빵은 구운 직후 따뜻한 상태로 제공되며, 버터나 치즈, 잼은 가능한 한 지역 농가에서 공수한 정직한 재료를 씁니다. 그리고 식사 시간 동안 음악이나 햇살, 함께 나누는 대화가 무엇보다 중요한 요소로 여겨집니다. 그들은 브런치를 통해 이렇게 말하는 듯합니다.

"너무 과하지 않아도 괜찮아요. 중요한 건, 지금 이 순간의 나와 당신입니다."

이런 점에서 프랑스식 브런치는 음식뿐 아니라 식사의 흐름과 분위기, 사람과의 거리감마저 섬세하게 조율하는 예술이라 할 수 있습니다.

—• 미국식 브런치의 시작
– 활기차고 푸짐하게!

이제 시선을 돌려 미국식 브런치로 가보겠습니다. 미국의 브런치는 프랑스보다 훨씬 더 자유롭고 대담합니다. 그리고 그만큼 미국적인 가치와 정서를 고스란히 담고 있지요. 미국식 브런치가 본격적으로 자리 잡은 시기는 20세기 초반, 특히 호텔 문화의 발달과 함께였습니다. 도시의 중산층과 관광객들은 일요일 오전, 호텔 레스토랑에서 조금 늦은 아침 겸 점심을 즐기기 시작했고, 이것이 곧 대중적인 식문화로 확산합니다. 무엇보다 미국식 브런치는 단순히 '끼니'를 넘어서 친구와 가족이 함께 모여 시간을 보내는 사회적 식사로 발전했습니다.

—• 미국식 브런치의 기본 구성

° 계란 요리(스크램블, 프라이드, 오믈렛)

그날의 기분에 따라 주문 방식도 달라지지요. 오믈렛 안에는 채소, 햄, 치즈 등 다양한 토핑이 들어갑니다.

° 베이컨과 소시지

바삭하게 구운 베이컨과 육즙 가득한 소시지는 미국식 브런치의 정체성을 보여주는 대표적 메뉴입니다.

° 팬케이크와 와플

메이플 시럽과 버터, 때로는 블루베리나 바나나를 곁들여 단맛과 식감의 즐거움을 선사합니다.

° 해시 브라운

잘게 썬 감자를 바삭하게 튀긴 해시 브라운은 고소함과 바삭함으로 식사의 만족도를 높여줍니다.

° 토스트 & 잼, 버터

식사 후 커피 한 잔과 함께 곁들이는 디저트 같은 마무리입니다.

요즘에는 건강을 고려하여 가볍게 곁들일 수 있는 샐러드나 과일도 자주 나옵니다.

보통 진한 커피나 오렌지 주스를 마시고 여유로운 일요일에는 '미모사(Mimosa)'나 '블러디 메리' 같은 간단한 칵테일을 곁들이기도 합니다.

미국식 브런치의 가장 큰 특징은 모든 메뉴가 넉넉하고, 친숙하다는 점입니다. 무엇보다 '함께 나눠 먹기 좋은 방식'으로 구성되어 사람을 중심으로 둔 식사이지요.

이미지 출처: 핀터레스트

─• 미국식 브런치가 담고 있는 가치

– 모두를 위한 식탁

미국식 브런치는 '함께'라는 단어가 잘 어울리는 식사입니다. 넓은 테이블에 가족, 친구, 연인, 아이들이 함께 둘러앉아 각자의 음식을 즐기고 대화를 나누는 풍경은 미국 영화나 드라마에서도 자주 볼 수 있는 장면이지요. 이 식문화의 바탕에는 다양성과 포용성이라는 미국 사회의 가치를 엿볼 수 있습니다. 음식의 종류도 다양하고, 조합도 자유롭습니다. 누구든 자신이 좋아하는 메뉴를 선택하고, 필요한 만큼 덜어 먹으며, 취향과 상황에 따라 식사의 형태를 바꿀 수 있는 유연함이 있습니다. 그만큼 미국식 브런치는 정해진 형식보다는 자유로운 분위기와 나눔의 정서를 중요하게 여깁니다. 그리고 미국의 브런치는 식당뿐 아니라 가정에서도 많이 즐깁니다. 특히 주말이면 가족이 함께 요리하고 차리는 홈 브런치는 음식이 가족 간 소통의 매개가 되는 시간으로 작용하지요.

─• 프랑스식 vs 미국식

– 무엇이 다른가요?

이 두 브런치 문화는 분명히 다른 뿌리와 철학을 가지고 있습니다. 하지만 이 둘 사이에 우열은 없습니다. 오히려 각기 다른 방식으로 삶을 즐기고 표현하는 태도이며, 우리가 그것을 얼마나 다양하게 받아들일 수 있는지에 따라 브런치라는 문화는 더 풍성해질 수 있겠지요.

항목	프랑스식 브런치	미국식 브런치
식사의 핵심	절제된 구성, 재료의 품질 중심	다양한 메뉴, 풍성한 조합 중심
분위기	조용하고 세련된 미감	밝고 활기찬 분위기
공간	작은 비스트로나 감성 카페	레스토랑, 다이너, 혹은 가정
철학	느림, 품격, 섬세한 조화	다양성, 나눔, 자유로움
대표 메뉴	크루아상, 치즈, 계란요리, 샐러드	팬케이크, 베이컨, 해시브라운, 오믈렛

─• 우리가 만들어갈 브런치
― 그 사이 어딘가에서

오늘날 한국의 브런치는 프랑스식의 감성과 미국식의 자유로움을 함께 품고 있습니다. 뷰66 같은 공간에서는 리코타치즈 샐러드와 파스타, 소고기 타다끼와 간장 새우장 같은 메뉴가 서양과 한식의 경계를 유연하게 넘나들며 한국적인 브런치 문화를 만들어가고 있습니다. 그 안에는 한국인의 섬세한 손맛, 빠르지만 깊이 있는 감정, 그리고 작은 여유를 소중히 여기는 마음이 담겨 있습니다. 사람들과의 대화를 이어주는 식사, 혼자여도 외롭지 않은 시간, 커피 한 잔과 함께 머무는 따뜻한 햇살, 이 모든 것이 한국의 브런치가 가진 또 하나의 매력입니다.

—• 브런치는 오늘의 내가 누구인지를 보여주는 식사

브런치는 단순한 끼니가 아닙니다. 그것은 우리가 오늘 하루를 어떻게 살아내고 싶은지를 보여주는 선택입니다. 프랑스식 브런치처럼 섬세하고 우아하게, 조용히 나를 들여다보고 싶은 날이 있는가 하면, 미국식 브런치처럼 풍성하고 활기차게, 사람들과 나눔을 즐기고 싶은 날도 있습니다. 그 모두가 맞고, 그 모두가 정답입니다. 중요한 건 당신이 원하는 방식으로 오늘을 대접하는 일입니다. 그러니 내일은 어떤 방식으로 아침을 맞이하시겠어요? 프렌치토스트 위에 슈거 파우더를 뿌려볼까요? 아니면 바삭한 베이컨과 팬케이크로 활기찬 하루를 시작해보는 건 어떨까요? 그 어떤 선택이든, 브런치는 오늘의 당신을 가장 따뜻하게 이해해주는 식사가 되어줄 것입니다.

뷰66 브런치 메뉴 이야기

―• 몸과 마음에 잔잔히 스며드는 오렌지빛 위로

바쁜 하루를 지나 문득, 무겁지 않으면서도 내 몸이 기뻐하는 식사를 하고 싶을 때가 있습니다. 속을 편안하게 하고, 먹고 나서도 마음 한구석이 가벼워지는 그런 한 끼. 그럴 때면 우리는 자연스럽게 '샐러드'를 떠올리게 됩니다. 그중에서도 연어 샐러드는 담백함과 부드러움 그리고 입안에 머무는 건강함까지 그야말로 가장 조화롭고 섬세한 브런치 메뉴 중 하나입니다. 뷰66에서 준비하는 연어 샐러드는 단순히 생선을 올려낸 한 접시 이상의 의미가 있습니다. 그 안에는 '재료를 아끼지 않기 위한 고집'과 '하루를 건강하게 시작하길 바라는 마음'이 담겨 있습니다.

이번 장에서는 연어라는 식재료가 가진 매력부터, 샐러드라는 식사의 의미, 그리고 뷰66만의 감성으로 완성된 연어 샐러드 한 접시가 가지는 이야기까지 하나씩 천천히 풀어보려 합니다.

담백한 감칠맛과 건강함의 상징

—• 연어라는 재료에 대하여

연어는 오랜 시간 세계인의 식탁에서 사랑받아 온 생선입니다. 특히 현대에는 '건강한 단백질'로 불리며 영양학적 가치가 매우 높게 평가되고 있지요. 연어의 가장 큰 매력은 지방 함량이 높음에도 불구하고 느끼하지 않고 부드럽다는 점입니다. 그 부드러움은 익혀도 유지되지만, 특히 훈제나 생연어 형태로 즐길 때 가장 고유의 풍미가 살아납니다. 또한 연어에는 오메가-3 지방산, 비타민D, 단백질, 그리고 아스타잔틴이라는 강력한

항산화 성분이 풍부하게 들어 있어 단순히 '맛있는 음식'을 넘어서 '몸을 생각하는 음식'으로도 각광받고 있습니다. 그렇기에 연어는 건강을 챙기고자 하는 사람들에게는 '자연이 선물한 슈퍼푸드'로 여겨집니다.

—• 샐러드라는 식사의 깊이

샐러드는 흔히 '가벼운 식사'로 인식되지만, 사실 샐러드야말로 재료의 정직함과 배려가 가장 잘 드러나는 요리입니다. 채소는 조금만 신선하지 않아도 맛과 향이 즉시 떨어지며, 소스의 조합이 적절하지 않으면 재료 본연의 풍미를 해칠 수 있습니다. 샐러드를 만드는 것은 가장 자연에 가까운 상태로 식사를 준비한다는 의미이며, 그만큼 신중함과 세심함이 필요합니다. 뷰66의 연어 샐러드는 계절에 따라 채소의 종류를 달리하며, 연어의 염도와 다시마 향이 가장 잘 어울리는 가벼운 유자 소스로 마무리합니다. 그 한 접시 안에는 자극적인 맛 대신, 시간을 들여 만들어진 조화로움이 담겨 있습니다.

—• 뷰66의 조리 철학
– 재료는 정직하게, 맛은 섬세하게

뷰66에서 연어 샐러드를 준비할 때 가장 중요하게 생각하는 것은 재료

그 자체의 힘을 존중하는 것입니다. 특히 연어는 질 좋은 원재료를 고르고, 그 맛을 그대로 살려내는 기술이 무엇보다 중요한 생선입니다. 게다가 연어는 아주 미세한 온도 변화에도 식감이 달라집니다. 너무 차가우면 기름이 굳어 거칠고, 너무 따뜻하면 부드러움이 사라지고 탄력이 없어집니다. 그래서 저희는 고객님께 연어를 가장 맛있게 제공할 수 있도록 정확한 숙성 온도와 시간을 매일 점검합니다. 채소는 당일 수급한 것 가운데 잎이 가장 싱그러운 상태의 재료를 고르고, 잎이 눅눅해지지 않도록 즉석에서 세척, 건조, 손질합니다. 채소 하나하나가 살아 숨 쉬는 듯한 느낌이 들 수 있도록 눈에 보이지 않는 손길까지 세심하게 신경 씁니다. 샐러드에 사용하는 유자 소스 또한 연어의 기름기와 산미가 균형을 이루도록 비율을 아주 정밀하게 맞추어 배합합니다. 그렇게 정직한 재료가 정확한 온도와 손길을 만나 가장 편안한 형태로 한 접시 안에 담깁니다.

─● 플레이팅의 미학
‐ 눈으로 먼저 맛보는 음식

뷰66의 연어 샐러드는 눈으로 먼저 드실 수 있도록 플레이팅에도 많은 고민을 담았습니다. 연어는 얇고 길게 썰어 샐러드가 정성스레 담은 접시 위에 꽃잎처럼 겹겹이 올려지며, 양파, 케이퍼, 그리고 식용 꽃으로 색감을 더합니다. 초록색의 로메인과 치커리, 하얀색 양파, 오렌지빛 연어, 그 아래 자리한 유자 소스 그 자체로 하나의 풍경화처럼 보이도록 배치

합니다. 접시에 닿는 연어의 각도, 채소의 높낮이, 소스가 떨어지는 곡선 까지도 계산해서 담아냅니다. 이처럼 시각적인 아름다움은 식사 경험을 더 감각적으로 만들고, 고객님께 기분 좋은 첫인사가 되어줍니다.

—• 손님들이 들려주신 이야기
– 연어 샐러드에 담긴 기억들

"요즘 너무 무거운 음식만 먹어서 속이 불편했는데, 이 샐러드를 먹 고 나니까 몸이 가벼워지는 기분이 들었어요."

"연어가 입에서 녹는다는 게 이런 거구나 싶었어요. 소스도 강하지 않고, 뭔가 몸이 기뻐하는 맛이었달까요?"

"혼자 브런치 먹으러 왔다가 이 연어 샐러드 덕분에 괜히 마음마저 다정해진 느낌이었어요."

이런 말씀들은 뷰66이 연어 샐러드를 만들며 가장 중요하게 생각했 던 그 가치, 즉 몸과 마음 모두를 따뜻하게 하는 식사를 조금씩 실현해 가고 있다는 믿음을 갖게 해줍니다. 저희에게 있어 이 메뉴는 그저 '연 어를 올린 샐러드'가 아닙니다. 고객님이 자신의 하루를 아끼는 방법 그 리고 누군가에게 밝은 기분을 건네는 가장 정직한 방법이 바로 이 한 접시에 담겨 있다고 생각합니다.

불과 칼이 만든 섬세한 맛

─• 한 점에 담긴 시간과 정성 그리고 온도

그릴 자국이 남은 소고기 단면에 블루 레어로 살며시 익혀 붉은 속살이 촉촉하게 살아 있는 요리. 보기만 해도 군침이 도는 그 한 점을 입에 넣는 순간, 먼저 볏짚 향이 은은하게 퍼지고, 이어 육즙과 감칠맛이 혀끝을 감싸듯 밀려옵니다. 그 이름은 소고기 타다끼(たたき). '살짝 그을린다'라는 의미의 일본식 조리법에서 유래한 이 요리는 불과 칼의 공존, 뜨거움과 차가움의 조화를 보여주는 정말 특별한 메뉴입니다.

뷰66 마네쿠에서 준비하는 소고기 타다끼는 그 이름만큼이나 섬세하고 복합적인 맛을 품고 있으며, 고기 본연의 깊은 풍미와 신선한 샐러드와의 조화 속에서 브런치 메뉴의 새로운 정체성을 완성합니다.

이번에는 소고기 타다끼라는 메뉴의 기원과 기술 그리고 뷰66에서 이 요리를 어떤 철학과 감성으로 다루고 있는지 차근차근 풀어드리겠습니다.

—• 타다끼, 불의 기억을 간직한 요리

'타다끼(たたき)'는 일본 고치현에서 유래한 전통적인 조리 기법입니다. 본래는 신선한 생선을 껍질 겉면만 빠르게 구워 속은 날것 그대로 남겨두는 방식이었지만, 이 기법이 육류에도 응용되면서 '소고기 타다끼'라는 독특한 요리로 발전하게 됩니다. 타다끼의 핵심은 "겉은 불로 굽되, 속은 날것처럼 보존하는 것"입니다. 그래서 이 요리는 정확한 시간과 온도 그리고 불과 칼을 다루는 기술이 무엇보다 중요합니다. 소고기 타다끼는 언뜻 보면 단순한 '블루 레어 스테이크'처럼 느껴질 수 있지만, 그 구조는 훨씬 더 복합적입니다. 고기의 겉면에는 볏짚 훈연 향이 은은히 감돌고, 단면에는 붉고 선명한 육즙을 간직하고 있으며, 얇게 썰려 입안에서 부드럽게 풀어지는 식감까지 이 모든 요소가 정교하게 조화되어야만 진짜 타다끼라고 부를 수 있지요.

─• 뷰66이 선택한 소고기 그리고 '불의 온도'

소고기 타다끼에 가장 적합한 부위는 마블링이 적당하면서도 결이 곱고, 잡내가 없는 부위입니다. 뷰66에서는 국내산 한우 채끝을 사용합니다. 소고기의 선도가 가장 좋은 상태에서 표면에 올리브 오일을 코팅 후 소금과 후추를 살짝 뿌리고, 1차 숙성을 마친 뒤 구리 석쇠에 단 10초 동안만 양쪽 면을 그을립니다. 이때 사용하는 불은 일반적인 가정용 화력이 아니라 셰프가 직접 온도를 조절한 직화로, 기름이 떨어지며 불꽃이 순간적으로 치솟는 'Flame-grilled' 상태에서 짧고 강렬하게 겉만 익혀줍니다. 불이 닿은 부분은 살짝 마이야르 반응이 일어나 겉면은 짭조름한 풍미와 은은한 스모키향을 띠게 되고, 속은 여전히 탱글탱글한 생육의 결을 유지하게 됩니다. 이후, 재빠르게 볏짚을 가득 담은 훈연 통에 담아 불기운이 속까지 퍼지지 않도록 3시간 이상 훈연 과정을 거칩니다. 이 모든 과정이 고기 한 점 한 점에 시간과 섬세함을 입히는 작업입니다. 특히 '소고기 타다끼'와 같은 요리에서 사용하는 볏짚 훈연 방식은 일본 전통 조리법의 하나로, 단순히 향을 더하는 수준을 넘어 음식에 깊은 풍미를 부여하는 기법입니다. 볏짚은 타들어 가며 은은한 스모키 향을 고기에 입히고, 그 향은 고기의 겉면에만 머무는 것이 아니라 훈연 통 속에서 서서히 퍼지며 고기 전체를 감쌉니다. 다만 현대의 식품위생법 기준에 따라 볏짚 훈연 시 발생하는 탄화 물질이 직접 식재료에 묻지 않도록 위생적인 장치를 사용하여 조리합니다. 뷰66 마네쿠에서는 이 전통적 기법을 현대적 안전 기준에 맞추어 구현하여, 고기 본연의 맛을 해치지 않으면서도 풍미와 감성은 더욱 짙게 담아냅니다.

—• 칼이 다듬는 섬세함
– 결을 살리고 맛을 여는 순간

타다끼의 또 다른 핵심은 불보다 오히려 칼질에 있다고 말하는 분들도 많습니다. 뷰66에서는 소고기 타다끼를 얇고 일정한 두께로 얇게 썰되, 고기의 결을 따라 사선으로 부드럽게 썹니다. 이렇게 하면 입에 들어왔을 때 치아에 저항 없이 씹히고, 육즙이 입안에 고루 퍼질 수 있게 되지요. 너무 얇으면 식감이 없어지고, 너무 두꺼우면 풍미의 조화가 깨집니다. 그래서 저희는 0.3~0.4cm 정도의 두께를 유지하며, 고기의 탄력을 살리고자 플레이트에 올리기 직전에 슬라이스를 진행합니다. 칼이 지나간 단면에는 살짝 붉은 속살이 드러나며 불의 흔적과 생고기의 순수함이 한눈에 들어옵니다. 이것이 타다끼가 맛뿐만 아니라 눈으로 즐기는 요리라고 불리는 이유입니다.

소고기 타다끼는 브런치 메뉴로 다소 생소한 선택일 수 있습니다. 하지만 뷰66에서 이 메뉴를 맛보신 고객님들 중 많은 분이 입을 모아 말씀해주십니다.

"처음에는 '아침에 소고기?' 했는데 먹는 순간 이해가 됐어요. 이건 그냥 고기가 아니라, 진짜 위로 같은 요리예요."

"하루를 시작하는데 이 한 접시가 정말 든든하고 고급스러웠어요. 식사하면서 괜히 나 자신을 아끼는 느낌이 들었어요."

"고기를 씹는 게 아니라 살살 녹는다는 말이 딱 이에요. 너무 조용하고 부드러운 맛이랄까요?"

그런 반응을 접할 때마다 저희는 이 메뉴가 단순한 고기 요리가 아니라 고객의 감정을 어루만지는 한 접시로 작용하고 있음을 매번 깊이 느낍니다. 그러니 저희 뷰66 셰프들은 어느 과정 하나도 허투루 할 수가 없습니다.

—• 타다끼 한 접시가 만들어내는 순간

소고기 타다끼는 한 끼 식사를 넘어서 어떤 분에게는 특별한 하루의 시작이 되고, 어떤 분에게는 중요한 대화를 나누는 자리의 중심이 되며, 또 어떤 분에게는 잠시 자신을 위로해주는 정서적인 쉼표가 되기도 합니다. 타다끼 한 점을 입에 넣고 조용히 눈을 감는 손님의 모습을 보면 저희는 그분의 마음속에 깃든 온도를 작게나마 헤아려보게 됩니다. 뷰66의 공간 속에서 소고기 타다끼는 그 자체로 불과 칼, 시간과 손길, 그리고 마음이 만나는 접점입니다.

—• 섬세함 속에 깃든 정성

소고기 타다끼는 강한 열로 익힌 것도 아니고, 날것 그대로도 아닙니다. 그 사이의 '미묘한 경계'를 유지하면서 가장 깊고 고운 풍미를 끌어내는 요리입니다. 그건 마치, 누군가의 감정을 섬세하게 들여다보고 조심스럽게 건네는 위로와도 닮아있습니다. 저희는 이 요리를 만들 때마다, 요리가 결국 마음을 담는 기술임을 새삼 느낍니다. 그 마음이 정직하고 따뜻하다면, 그 맛도 분명히 정직하고 따뜻하게 전달되리라고 믿습니다. 오늘 당신의 브런치가 조금 특별하고, 조금 더 부드럽고, 조금 더 위로가 되는 시간이기를 바랍니다. 소고기 타다끼 한 접시가 그 작은 시작이 된다면, 그것만으로 저희는 충분히 감사하고 기쁩니다.

—• 브런치에 부드럽게 스며든 정성 한 스푼

어떤 음식은 그 자체만으로도 사람의 마음을 편안하게 해줍니다. 뜨거운 음식도 아니고, 자극적인 향신료가 들어간 것도 아니지만, 한입 넣는 순간 말없이 고개가 끄덕여지고 가슴 속에 포근한 감정이 번져 나오는 음식이 있지요. 리코타치즈는 바로 그런 음식입니다. 버터처럼 진득하지 않으면서도 우유보다 더 고소하고, 요거트보다 더 깊은 맛이 있는 이 치즈는 브런치라는 이름 아래에서 감성적이고 정직한 한 접시로 다시 태어납니다. 뷰66에서는 직접 만든 리코타치즈의 부드러움을 살려, 신선한 샐러드, 때로는 부드러운 빵과 곁들여, 고객님 한 분 한 분의 입맛에 맞춰 가장 편안한 방식으로 준비합니다.

이번에는 리코타치즈라는 재료가 가진 이야기, 뷰66만의 제조 철학과 섬세한 조리 방식 그리고 그 치즈가 접시에 담겨 어떤 감동과 위로를 전하고 있는지를 함께 들여다보겠습니다.

─• 리코타치즈의 기원
– 이탈리아의 따뜻한 지혜

리코타(Ricotta)라는 이름은 이탈리아어로 '다시 끓이다(ri-cotta)'라는 뜻으로, 처음으로 치즈를 만들고 남은 유청(乳淸, whey)을 한 번 더 끓여서 얻는 치즈라는 의미입니다. 예부터 이탈리아 시골 마을에서는 모차렐라나 파르미지아노 같은 치즈를 만든 다음 남은 유청을 버리지 않고 다시 활용해 부드럽고 소박한 리코타를 만들어 먹었다고 하지요. 그 모습은 마치 장독대에서 남은 간장을 된장에 더해 쓰던 지혜, 밥 짓고 남은 숭늉으로 하루를 마무리하던 소박하지만, 절약을 미덕으로 여기던 우리의 마음과도 닮았습니다. 그래서일까요? 리코타치즈를 먹을 때면 어딘가 마음이 포근해지는 기분이 듭니다. 그 이유는 단순한 유제품이기 때문이 아니라, 그 안에 담긴 절제된 풍요와 따뜻한 생활의 미학이 있기 때문일 것입니다.

─• 뷰66의 브런치에서 리코타가 머무는 자리

리코타치즈는 부드럽고 순한 맛 덕분에 다양한 브런치 메뉴에 조화롭게 어울릴 수 있습니다. 뷰66에서는 다음과 같은 방식으로 리코타를 활용하고 있습니다.

° 리코타 샐러드

수제 리코타를 큰 스푼으로 듬뿍 올리고, 믹스 채소 위에 살포시 얹어냅니다.

가볍게 로스팅한 견과류를 곁들이고, 발사믹 글레이즈, 그리고 유자청 드레싱으로 마무리합니다. 이 조합은 크리미함과 상큼함, 고소함과 아삭함이 한 번에 느낄 수 있어서 가장 많은 사랑을 받는 메뉴 중 하나입니다. 이 메뉴는 '달콤한 브런치'를 찾으시는 고객님들께 정말 큰 만족감을 드립니다. 하루를 포근하게 시작하고 싶은 날, 딱 어울리는 메뉴이지요.

─• 손님들이 들려주신 이야기
– 조용한 행복의 한 입

"리코타치즈가 이렇게 부드럽고 촉촉한 줄은 몰랐어요. 입안에서 사르르 녹는다는 말, 그 표현이 딱 이에요."

"이걸 먹고 나니까 괜히 내 하루가 조금 더 여유롭고 고운 것 같았어요. 내가 나를 아껴주는 기분이 들었달까요."

"평소엔 아침을 잘 챙기지 않는데, 이 치즈 먹고 나니, 괜히 매일 브런치를 하고 싶어지더라고요."

리코타치즈는 그 자체가 강한 맛을 가진 식재료는 아닙니다. 하지만 조용히, 천천히, 입안을 깊게 채우는 이 부드러움은 고객님들의 마음까지도 가만히 감싸줍니다. 그래서인지 이 메뉴를 주문하신 손님 중 대부분께서 혼자 오시거나, 오랜만에 조용한 식사를 원하시는 분들이 많습니다. 뷰66에서의 리코타 한 접시는 그분들에게 잠시나마 세상과의 거리를 조절하게 해주고, 자신을 대접할 수 있는 시간을 선물해드리는 것 같습니다.

—• 리코타가 전하는 마음
– 정직한 부드러움

세상에는 맛이 강렬하고 화려한 음식이 많습니다. 하지만 그런 것과는 다른, 소리 없이 오래 남는 음식도 있지요. 리코타치즈는 그런 음식입니다. 누군가에게 부드러움은 단순한 식감일 수도 있지만, 저희에게는 사람의 마음에 다가가는 방식입니다. 리코타치즈를 만들 때는 급하게 끓이지 않고, 조심스럽게 식히고, 면포에 올려놓고 천천히 물기를 빼야 합니다. 그 과정은 마치 사람의 감정을 보살피듯 세심하고 인내심이 필요하지요. 그렇기에 이 치즈를 드시는 순간, 당신의 하루가 조금 더 부드러워지기를, 당신의 마음이 조금 더 따뜻해지기를 바라는 마음으로 저희는 매일 아침 이 리코타치즈를 만듭니다.

—• 나를 위한 가장 다정한 한 숟갈

뷰66의 브런치에서 리코타치즈는 큰소리로 자신을 드러내지 않습니다. 그저 조용히 접시에 앉아 당신이 천천히 다가오기를 기다립니다. 그리고 그 한 숟갈이 입안에 들어왔을 때, 당신은 비로소 깨닫게 됩니다.

"오늘, 내가 나를 참 잘 챙겼구나."

그게 바로 리코타치즈가 드리는 가장 큰 위로이며, 뷰66이 이 메뉴를 매일 정성스럽게 준비하는 이유입니다. 내일도, 혹은 다음 주에도 당신이 또다시 이 메뉴를 떠올려 주신다면, 저희는 그것으로 이미 충분히 감사하고 행복할 것입니다.

—• 한입에 담긴 깊은 바다의 온기, 기억 속의 집밥

브런치라고 하면 흔히 서양식 식사를 떠올리지만, 요즘은 그 틀을 벗어나 조금 더 우리 식의 정서와 입맛을 담은 브런치들이 사랑받고 있습니다. 그 중심에는 놀랍게도 '간장 새우장'이 있습니다. 입안 가득 퍼지는 감칠맛, 살짝 짭짤하면서도 단맛이 어우러진 간장, 부드럽고 탱탱한 새우살이 주는 식감의 즐거움 그리고 무엇보다 한 그릇 밥이 저절로 떠오르는 맛. 뷰66에서는 이 간장 새우장을 브런치 메뉴 중 하나로 자신 있게 선보이고 있습니다. 그 이유는 단순히 맛이 좋아서가 아니라, 이 요리가 가지고 있는 깊은 기억과 정성의 힘을 믿기 때문입니다. 지금부터는 간장 새우장이 어떤 음식인지, 뷰66에서 어떻게 다듬어내고 있는지 그리고 이 메뉴가 고객님들의 마음에 어떤 따뜻한 울림을 남기고 있는지를 천천히 풀어보겠습니다.

—• 유서 깊은 밥도둑
– 간장 새우장의 유래

간장 새우장은 본래 가정식 밥상에서 자주 볼 수 있는 반찬이었습니다. 특히 어촌이나 남해 지역에서는 바닷가에서 갓 잡은 새우를 짭짤한 간장에 바로 담가서 며칠간 숙성해 먹는 풍습이 있었지요. 정확한 기원은 알 수 없지만, 오랜 세월을 거쳐 전해져온 이 음식은 '간장게장'과 함께 쌍벽을 이루는 장(醬)류 해산물 요리로 한국인의 입맛을 충족시켜온 존재였습니다. 재료는 단순하지만, 그 안에 담긴 깊이는 전혀 얕지 않습니다.

˚ 간장의 풍미
뷰66만의 특별한 재료를 넣고 끓인 간장의 깊은 맛은 새우와 만나면서 한층 더 진해지고, 달큼한 감칠맛을 만들어냅니다.

˚ 새우의 선도
잡은 즉시 선상에서 급속 냉동하여 머리 쪽과 내장, 살이 모두 신선하고 탱글탱글한 새우만 선별해 사용합니다.

너무 짧으면 간이 덜 배고, 너무 길면 새우살이 무릅니다. 이 미묘한 시간의 균형이 음식의 품격을 좌우합니다. 그렇게 간장 새우장은 누군가의 손끝과 어머니의 부엌 그리고 따뜻한 밥 냄새와 함께 세대와 지역을 넘어 전해져왔습니다.

—• 뷰66의 간장 새우장
– 브런치로 풀어낸 집밥의 재해석

처음 이 메뉴를 브런치로 선보일 때, 많은 분이 의아해하셨습니다.

"간장 새우장을… 브런치로요?"

하지만 드셔 본 분들은 한결같이 말씀하십니다. "왜 이제서야 먹어봤는지 모르겠다"라고요. 뷰66에서는 이 전통적인 반찬을 브런치의 철학으로 새롭게 구성했습니다.

새우는 통째로 급랭한 대하를 사용합니다. 너무 크지도, 작지도 않아 손질하기 좋은 크기를 고릅니다. 껍질을 놔둔 상태에서 내장을 정성스레 손질한 뒤 세척하여 비린내를 제거합니다. 간장은 감칠맛의 조선간장과 단맛을 살린 양조간장을 혼합해 사용합니다. 여기에 정제수, 계피, 양파, 생강, 대파, 통후추, 마늘, 건고추 등 10여 가지 재료를 넣어 간장 육수를 따로 끓여낸 다음, 숙성 전에 한 번 식힌 후 새우에 붓습니다.

° 숙성은 3일이 적기입니다

첫날은 간장이 배기 시작하는 시간입니다. 둘째 날에는 새우 속까지 풍미가 스며들고, 셋째 날이 가장 맛있는 시점입니다. 그 이상이 지나면 조금씩 새우의 질감이 변하고 짠맛이 스며들기에, 뷰66에서는 늘 '3일 차 숙성 새우장'만 고객님께 제공해드리고 있습니다.

—• 플레이팅
– 정갈함 속에 담긴 따뜻함

간장 새우장은 특유의 '정갈함'을 지니고 있습니다. 뷰66에서는 이 메뉴가 아침이나 점심의 시작을 부드럽게 열어주는 한 접시가 될 수 있도록 플레이팅에도 각별한 마음을 담습니다. 주문이 들어오면 새우의 껍질을 하나하나 제거하고, 손질된 상태로 먹기 좋게 펼친 다음, 무순 같은 어린잎 채소가 함께 올라갑니다. 마지막에는 간장에 절인 반숙란을 곁들여 새우와 밥, 간장의 풍미가 부드럽게 연결될 수 있도록 합니다. 그리하여 접시 한 장 위에는 짜지 않으면서도 깊은 간장의 향, 쫄깃한 새우의 식감, 그 사이를 채우는 밥의 부드러운 연결이 아름다운 균형을 이루게 됩니다.

─• 손님들이 전해주신 이야기
– 밥 한 그릇으로 받은 위로

"간장 새우장이 브런치로 이렇게 어울릴 줄은 몰랐어요. 아침부터 밥과 함께 진짜 잘 먹었어요. 힘이 나는 기분이랄까요?"

"외국 음식 먹다 보니 좀 질릴 때가 있었는데, 이 간장 새우장 먹고 나니까 괜히 마음도 편해지고 속도 따뜻해졌어요."

"새우가 탱글탱글해서 놀랐고, 간장이 너무 짜지 않아서 단짠의 균형이 진짜 좋았어요. 밥 한 그릇 뚝딱했네요."

많은 분이 이 메뉴를 드신 후 단지 "맛있었다"라는 말보다 "마음이 따뜻해졌다", "위로받은 기분이다"라는 표현을 자주 남겨주십니다. 그 말은 저희가 가장 듣고 싶었던 말이며, 바로 이 메뉴를 브런치로 준비하기로 한 이유이기도 합니다.

─• 브런치 그 이상의 의미
– 기억 속 엄마의 밥상처럼

간장 새우장은, 맛있는 음식을 넘어 기억과 정서를 불러오는 메뉴입니다. 누군가에게는 엄마가 손수 만들어주시던 반찬이 떠오를 수도 있고, 누군가에게는 기숙사 시절, 친구가 도시락통에 넣어주던 새우 두 마리의 따뜻함이 기억날 수도 있습니다. 그 모든 기억과 경험을 한 접시 안에 담을 수 있다면, 그건 정말 감사한 일이지요. 뷰66은 단지 '새우와 간장을 담그는 기술'이 아니라, 그 안에 담을 수 있는 따뜻한 정서와 공감을 전하고자 합니다. 그래서 이 메뉴의 플레이팅, 숙성, 간장 배합은 매번 같은 기준으로 유지되지만, 손님께 전달되는 마음만큼은 매일 새롭고 진심으로 준비하고 있습니다.

—• 감칠맛 너머의 감정

간장 새우장은 '감칠맛의 정수'라 불릴 만큼 미각적으로도 매우 뛰어난 요리입니다. 하지만 더 소중한 것은 이 메뉴가 전해주는 감정의 결입니다. 밥과 함께 먹는 음식은 늘 그렇듯, 우리를 한 번쯤 멈춰 서게 합니다.

"한 끼를 이렇게 잘 먹는 나, 참 잘하고 있구나."

그런 감정을 느끼실 수 있다면, 저희가 준비한 새우 한 마리는 단순한 해산물을 넘어 하루를 다정하게 감싸주는 존재가 되어드릴 수 있다고 믿습니다. 오늘 간장 새우장을 드신다면, 내일은 아마 조금 더 부드러운 하루가 당신 앞에 찾아올지도 모릅니다.

3장
파스타의 여정:
밀가루 반죽의 세계사

고대 로마에서 탄생한 면 요리

—• 한 줄의 밀가루 반죽이 건너온 시간,
역사와 식탁이 만나다

우리가 흔히 '면 요리'라고 하면 스파게티, 일본식 라멘, 칼국수, 혹은 쫄면 같은 길고 가느다란 밀가루 반죽의 형태를 떠올립니다. 그 면발 하나하나에 국물과 양념이 스며들고, 입안에서 사르르 풀리는 그 식감은 참으로 기분 좋은 위로가 되어줍니다. 그런데 혹시 알고 계셨나요? 오늘날 우리가 즐기는 면이나 파스타는 현대에서 시작한 식문화가 아니라, 기원전 고대 로마의 식탁에서부터 시작된 오랜 유산이라는 사실을요.

이번 장에서는 고대 로마의 사회 속에서 탄생한 '면 요리'의 기원과 발전, 그 시대 사람들이 면 음식을 어떻게 즐겼는지 그리고 그 유산이 오늘날까지 어떻게 전해지고 있는지를 하나하나 따뜻하게 풀어보려고 합니다. 이 한 그릇의 면 요리를 통해 우리는 로마인의 일상, 정서, 식문화, 그리고 삶의 철학까지도 조금씩 들여다볼 수 있게 됩니다.

─● 고대 로마인의 식탁

– 빵, 올리브, 그리고 밀가루의 힘

고대 로마의 식문화는 현대 유럽 요리의 뿌리이자, 오늘날 우리가 즐기는 '지중해식 식단'의 시작이기도 합니다. 당시 로마에서는 밀가루로 만든 빵이 하루의 중심이었으며, 사람들은 다양한 방법으로 밀을 가공하여 죽이나 반죽, 건조한 비스킷, 면발 형태의 음식을 만들어 먹었습니다. 그리고 로마 제국의 넓은 영토에는 이집트에서 들여온 밀, 북아프리카에서 재배한 보리, 지중해에서 잡은 생선과 올리브 오일이 넘쳐났습니다. 그들의 식탁 위로 빵, 올리브, 포도주, 치즈, 생선, 꿀 같은 재료들이 늘 올라오면서 풍성하고 화려한 식문화로 발전하게 됐지요.

─● 파스타의 기원, 밀가루와 물의 만남

고대 로마에서 '파스타'라는 단어 자체는 쓰지 않았지만, 그들과 가장 가까운 형태의 면 요리는 기록 속 곳곳에서 확인할 수 있습니다. 기원전 1세기경, 로마의 정치가이자 저술가인 키케로(Cicero)는 그의 글 속에서 "laganum"이라는 음식을 언급합니다. 이 'laganum'은 밀가루 반죽을 얇게 밀어서 넓은 띠 모양으로 자른 음식으로, 현대의 '라자냐(lasagna)'와 매우 흡사한 형태였다고 알려져 있습니다. 당시에는 지금처럼 면을 삶는 방식보다는 기름에 굽거나, 육수나 국물에 넣어 조리하는 방식이 많았으며, 라자냐 형태의 넓은 밀반죽을 구운 뒤 고기와 채소를 겹겹이 올려 쌓기도 했지요. 또한, 로마의 요리책으로 유명한 『아피키우스(Apicii De Re Coquinaria)』에서도 밀가루 반죽을 가늘게 썰어 만든 음식이 다양한 형태로 조리되었음을 알 수 있습니다. 이러한 자료들은 고대 로마인들이 이미 면의 개념과 형태를 충분히 이해하여 활용하고 있었음을 보여줍니다.

이미지 출처: 핀터레스트
해당 그림은 고대 이집트 제20왕조의 파라오였던 람세스 3세의 무덤에서 나온 벽화로 노동자들이 밀가루 반죽을 준비하고, 이를 나선형으로 빚어 굽는 장면이 생생하게 그려져 있습니다.

—• 불과 시간의 조화
– 고대 로마의 조리 방식

로마 시대에는 오늘날처럼 가스레인지나 오븐이 없었기 때문에 모든 요리는 노천의 화덕이나 화로에서 조리되었습니다. 면 요리 역시 돌 위에서 반죽을 구워낸 형태, 끓는 물에 데치듯 익힌 방식, 육수와 함께 뭉근히 끓이는 전골 형태 등 다양한 방식으로 존재했습니다. 특히 로마인은 면 요리에 생선 소스(garum)를 곁들이는 것을 즐겼습니다. 이 'garum'은 생선을 발효시켜 만든 액젓 비슷한 양념으로, 오늘날의 '멸치액젓'이나 '젓갈'과 흡사한 향을 지닌 재료였지요. 이처럼 고대 로마의 면 요리는 그 자체로 하나의 식사이자, 당시 로마인의 풍요와 기술, 그리고 식재료에 대한 이해를 고스란히 담아낸 음식이었습니다.

—• 중세의 어둠을 건너
– 로마의 유산을 지켜낸 작은 부엌들

서기 5세기경, 서로마 제국의 멸망과 함께 유럽 전역은 혼란과 침묵의 시기, 즉 중세 암흑기로 접어들게 됩니다. 화려했던 로마의 문화는 순식간에 쇠락의 길을 걸으며 학문, 예술, 요리 문화 역시 많은 부분이 사라지거나 묻히게 되었습니다. 하지만 그렇다고 로마의 음식 문화가 완전히 끊어진 것은 아니었습니다. 오히려 작은 수도원과 농가의 부엌 그리고 지중해 무역을 이어가던 상인들의 식탁에서 조용하고 끈질기게 이어지고 있었습니다. 특히 이탈리아 남부의 시칠리아와 나폴리 인근에서는 로마 시대의 조리법과 반죽 방식이 조금씩 전해졌으며, 그 안에서 조금씩 오늘날 우리가 아는 파스타의 형태로 다듬어지게 되었지요. 이 시기의 면 요리는 건조 보관이 가능한 형태로 발전하면서 단순히 '그때그때 먹는 음식'이 아니라, '오랜 여행에도 함께할 수 있는 음식'으로서 사랑받게 되었습니다.

—• 르네상스와 파스타의 부활
- 미각의 예술로 다시 태어나다

15세기, 유럽 전역을 밝힌 르네상스의 물결은 요리의 세계에도 새로운 숨결을 불어넣었습니다. 예술과 철학, 건축과 과학이 꽃을 피우며 '음식'은 단순한 생존의 도구가 아니라 문화와 미학의 표현 수단으로 대우받게 됩니다. 이 시기, 이탈리아에서는 '파스타(pasta)'라는 이름이 본격적으로 사용되며 오늘날 우리가 아는 다양한 면 요리들이 각 지방과 계층별로 발전하기 시작합니다. 밀가루 반죽을 얇게 펴서 말아 자른 탈리아텔레(tagliatelle), 잎사귀처럼 둥글게 말아 소를 넣은 라비올리(ravioli), 길고 둥근 면발로 끓여내는 스파게티(spaghetti) 등 모든 면 요리의 뿌리는 고대 로마의 laganum부터 시작된 것입니다. 르네상스 시대의 요리책에는 이런 파스타 요리를 위한 소스, 조리법, 플레이팅 방법까지 섬세하게 기록되기 시작하였으며, 그중에는 우유와 치즈, 토마토, 올리브 오일을 활용한 다양한 조합들이 이미 구체화되어 있었다고 전해집니다.

—• 바다를 건넌 면 요리
- 세계화의 시작

16세기 이후, 유럽의 탐험과 무역이 활발해지며 파스타는 지중해를 넘어 유럽 전역과 아시아, 아메리카 등으로 퍼져나가게 됩니다. 특히 이탈리아 남부의 이민자들이 19세기 말~20세기 초 미국, 아르헨티나 등으로 대거 이주하면서 자신들의 음식 문화도 함께 옮겨가게 되었고, 그 안에 '스파게티'는 단연 중심이었습니다. 오늘날 우리가 즐기는 까르보나라, 알리오 올리오, 미트소스 파스타 등 이탈리아 본토보다도 더 다양한 형태의 요리들이 세계 각지에서 탄생하고 응용되며 파스타는 단순한 국수 그 이상의 의미를 지니게 되었습니다. 이제 파스타는 한 가정의 따뜻한 저녁 식사로, 연인의 데이트 코스 요리로, 혹은 혼자 먹는 브런치 한 접시로 삶 속에 다양하게 자리 잡고 있지요.

—• 한 가닥의 면발, 시간과 이야기를 엮다

면 요리는 신기한 힘이 있습니다. 한 가닥의 밀가루 반죽이 불에 익고, 소스를 머금고, 포크에 돌돌 말려 입안으로 들어오는 그 짧은 여정 속에는 아주 오랜 시간과 기억이 함께 담겨 있기 때문입니다. 면은 늘 연결된 음식입니다. 반죽을 밀어 길게 뽑아내는 손길에서 정성을 느낄 수 있고, 끓는 물에 적당히 익힌 면발을 조심스럽게 젓가락으로 건져내는 순간에는 섬세한 타이밍의 감각이 담겨 있습니다. 한입 가득 면발을 넣고 후루룩 삼키는 순간, 그 따뜻한 감촉은 마음까지도 녹여줍니다. 그래서인지 면 요리는 혼자일 때 외롭지 않게 해주고, 누군가와 함께일 때 더욱 가까워지게 해주는 감정의 매개체가 되기도 하지요.

—• 뷰66 마네쿠의 면 요리
– 고대의 위로를 오늘의 브런치로

고대 로마의 식탁에서 시작된 면 요리는 이제 브런치라는 이름 아래, 뷰66 마네쿠의 접시 위에서 다시 살아납니다. 저희 매장에서 가장 사랑받는 면 요리 중 하나는 단연 알리오 올리오입니다. 마늘과 올리브 오일 그리고 은은한 칠리의 풍미가 심플하면서도 깊은 여운을 남기는 이 파스타는 고대 로마의 소박한 밀반죽 요리를 오늘의 감성으로 재해석한 대표적인 메뉴입니다. 그 외에도 마레 토마토 파스타, 꾸덕한 크림 파스타, 트러플 풍기 파스타, 진한 로제 파스타, 그리고 상큼하게 입맛을 돋우는 바질 파스타까지 각기 다른 개성과 온도를 가진 파스타들이 뷰66 마네쿠의 식탁 위에 올려지고 있습니다. 무엇보다 저희는 계절이 바뀔 때마다 새로운 시도를 멈추지 않습니다. 봄이 되면 달래 크림 파스타처럼 향긋한 산나물의 감성을 담은 메뉴를 선보이고, 가을이 오면 엔초비 파스타처럼 짭조름한 깊이를 담은 메뉴로 입맛을 돋우고는 하지요. 이 모든 파스타에는 단지 레시피만이 아니라, 오늘의 당신을 위로하고 응원하는 작은 진심이 함께 담겨 있습니다. 오랜 역사 속에서 사람들의 마음을 이어주었던 면 요리가 이제는 뷰66 마네쿠의 브런치 한 접시가 되어 당신의 하루에 따뜻한 위로가 되어드릴 수 있기를 바랍니다.

—• 삶을 이어주는 따뜻한 끈

파스타와 국수, 라면과 칼국수에 이르기까지 면은 언제나 사람들의 삶과 함께 이어져 왔습니다. 배가 고플 때, 위로가 필요할 때, 누군가를 생각하며 한 그릇을 끓이고 나누고, 다시 마음을 다잡는 그 모든 순간에 면 요리는 우리 곁에 있었지요. 고대 로마에서 시작된 그 한 줄기 밀가루 반죽은 이제는 국경을 넘어, 시간을 넘어, 전 세계의 식탁 위에 자리 잡았습니다. 그리고 그 면발은 여전히 사람과 사람을 잇고, 마음과 마음을 감싸며, 삶과 시간을 함께 살아가는 음식으로 존재합니다. 이 책을 읽고 계신 당신께서도 언젠가 조용한 어느 날, 한 접시의 면 요리 앞에서 잠시 멈춰서 웃으며 이렇게 말해주시기를 바랍니다.

"이걸 먹고 나니, 참 좋다. 마음이 따뜻해졌네."

그 순간, 고대 로마에서 시작된 한 그릇의 이야기가 비로소 완성되는지도 모릅니다.

오일, 크림, 토마토 - 세 가지 계보

—• 파스타 소스에 담긴 맛의 철학,
  시대와 취향을 넘나들다

면 요리를 이야기할 때 우리는 자연스레 그 위를 감싸는 '소스'를 떠올리게 됩니다. 쫄깃하게 삶아낸 면발에 무엇을 얹는가에 따라 그 요리의 인상, 감정, 그리고 사람들의 취향도 극명하게 달라지기 때문입니다. 어떤 이는 마늘 향이 은은한 오일 파스타를 좋아하고, 어떤 이는 진하고 부드러운 크림소스를 찾으며, 또 다른 이는 상큼한 토마토소스를 즐기지요. 이렇게 파스타를 구성하는 기본은 결국 오일, 크림, 토마토라는 세 가지 소스의 계보로 설명할 수 있습니다. 각각은 단순한 재료 조합을 넘어서 시대의 취향, 문화의 변화, 요리에 대한 철학을 담고 있습니다.

이번 장에서는 이 세 가지 소스의 탄생과 변화, 그리고 오늘날 브런치와 일상에서 어떤 의미로 자리하고 있는지를 하나씩 따뜻하게 들여다보겠습니다.

—• 올리브 오일

– 파스타 소스의 뿌리

올리브 오일은 모든 파스타 소스의 뿌리라고도 할 수 있습니다. 그 시작은 단순하고도 정직했습니다. 기름과 마늘 그리고 아주 약간의 소금뿐으로, 고대 로마 시대부터 지중해 연안의 사람들은 올리브 오일로 채소를 볶고, 고기를 굽고, 때로는 빵을 찍어 먹으며 삶을 이어갔습니다. 그러던 중, 밀가루 반죽을 얇게 밀고 삶아낸 '면' 위에 올리브 오일을 얹고 마늘과 허브를 넣어 맛을 더한 음식이 만들어졌고, 그것이 바로 오늘날의 알리오 올리오 (Aglio e Olio)의 시작입니다.

—• 알리오 올리오

– 간결함 속의 깊은 풍미

'알리오 올리오'는 이탈리아 남부 나폴리 인근에서 유래한 요리로 알려져 있으며, 그 의미는 말 그대로 마늘(Aglio)과 기름(Olio)입니다. 아주 기본적인 재료만으로 깊고 입체적인 맛을 내기 위해선 조리법의 정교함과 정확한 타이밍이 요구됩니다. 마늘은 얇게 썰어 타지 않도록 중불에서 천천히 향을 내고, 올리브 오일을 너무 뜨겁지 않게 데워 마늘향이 배도록 천천히 우려냅니다. 면은 소금물로 삶아서 간을 넣고, 삶은 물을 다시 소스에 섞어 전분감을 더하면 소스와 면이 하나가 됩니다. 간단해 보이지만 이 요리는 셰프의 감각이 그대로 드러나는 메뉴이기도 하지요.

─• 오일 파스타가 주는 감성
- 가벼움 속의 위로

오일 파스타는 다른 소스들과 비교해 훨씬 가볍습니다. 느끼하지 않고, 강하지도 않으며, 입안에 향긋한 허브와 마늘의 여운을 남기며 사라지지요. 그래서 오일 파스타는 아침에 먹어도 부담이 없고, 혼자 먹을 때도 좋으며, 대화를 나누는 자리에서도 자연스럽게 조화를 이룹니다. 오일의 맑고 따뜻한 감촉은 속을 편안하게 하고 마늘 향이 식욕을 살려줍니다. 가벼운 파스타 한 접시는 "오늘 하루도 괜찮아질 거예요"라고 조용히 속삭이는 듯한 위안을 주지요.

부드러움으로 감싸는 포근한 위로

—• 크림소스

– 고소함이 머무는 따뜻한 여운

크림소스는 파스타 소스 중에서도 가장 따뜻하고 부드러운 인상을 남기는 스타일입니다. 우유의 고소함, 버터의 깊은 풍미, 그리고 생크림이 만들어내는 크리미한 식감은 마치 사람의 마음을 감싸주는 듯한 따스함을 전하곤 하지요. 누군가는 파스타를 이야기할 때 가장 먼저 '까르보나라'를 떠올리곤 합니다. 노른자의 농도, 치즈의 짭짤함, 후추의 톡 쏘는 향까지 이 모든 것이 어우러진 크림 파스타는 소박한 재료가 만들어내는 사치스러운 감정입니다.

—• 크림소스의 유래

– 농장의 식탁에서 레스토랑까지

크림소스의 기원은 정확하게 밝혀지진 않았지만, 이탈리아 북부와 프랑스 요리 전통에서 시작된 것으로 알려져 있습니다. 특히 이탈리아 북부의 롬바르디아 지방에서는 우유, 버터, 치즈가 풍부한 농업 환경 덕분에 자연스럽게 유제품을 기반으로 한 요리들이 발달했지요. 그 가운데 파스타에 생크림을 넣어 농도와 풍미를 살린 소스가 탄생했고, 이후 유럽 전역으로 퍼지면서 지방별로 각기 다른 크림 계열의 파스타들이 탄생하게 되었습니다.

° 까르보나라

원래는 계란노른자와 치즈만으로 만들지만, 현대에는 생크림을 추가해 더욱 부드러운 맛을 내기도 합니다.

° 알프레도

버터와 생크림, 파르메산 치즈로 구성되어 진한 파스타 소스입니다.

° 풍기 크림 파스타

버섯과 어울리는 고소한 조합으로, 뷰66 마네쿠에서도 큰 사랑을 받는 메뉴입니다.

—• 크림 파스타가 주는 감성
– 포근한 한 접시

크림 파스타는 따뜻함과 안락함을 상징합니다. 단지 우유의 고소함 때문만은 아닙니다. 부드러운 식감, 소스의 촉촉함, 먹는 순간 느껴지는 포만감과 위안의 감정이 우리 안에 있는 '쉼'을 불러오기 때문입니다. 그래서 크림 파스타는 외로운 날 위로가 필요할 때 혹은 소중한 사람과의 점심에 정말 잘 어울리는 따뜻한 메뉴가 되어줍니다. 한 접시의 크림 파스타는 바쁜 일상 속 잠깐의 휴식이 되어주고, 조금은 지친 몸과 마음에 "오늘 수고 많았어요" 하고 말해주는 것 같지요.

토마토

파스타 소스의 대표가 되다

—• 토마토소스
– 태양을 머금은 붉은 맛의 문화

토마토소스는 이탈리아 음식의 상징이라 불릴 만큼 세계적인 파스타 문화의 중심에 자리하고 있습니다. 특유의 붉고 선명한 색, 산뜻한 산미와 깊은 감칠맛은 누구에게나 친숙하면서도 매번 새롭게 다가오는 매력을 지녔지요. 하지만 사실 이탈리아 요리에 토마토가 등장한 것은 생각보다 그리 오래된 일이 아닙니다.

─• 토마토는 언제부터 소스가 되었을까요?

토마토의 원산지는 원래 남아메리카 안데스 지역입니다. 16세기 초, 스페인 정복자들이 아메리카 대륙을 탐험하면서 토마토를 유럽으로 들여왔습니다. 처음에는 관상용 또는 독초로 여겨지기도 했지요. 17~18세기경, 나폴리를 중심으로 남부 지역의 가난한 서민들이 토마토를 으깨 소스처럼 사용하면서 지금의 토마토소스 문화가 시작되었다고 합니다. 토마토는 처음부터 귀한 식재료가 아니었습니다. 오히려 너무 흔하고, 너무 값싸서 가난한 사람들의 음식이었습니다. 하지만 그 흔한 재료가 조금씩 셰프들의 손끝에서 빛을 발하게 되었고 결국에는 오늘날의 파스타 문화를 대표하는 소스로 자리 잡게 됩니다.

─• 토마토소스의 특징
－ 산미, 감칠맛, 생동감

토마토는 익히면 익힐수록 그 안에 감춰진 단맛과 감칠맛이 풍부하게 드러납니다. 기름에 볶아낼 때는 산미가 부드러워지고, 오랜 시간 끓이면 농축된 풍미로 변하곤 하지요. 그래서 토마토소스는 짧게 볶으면 산뜻하고 상큼한 맛, 오래 끓이면 묵직하고 깊은 달콤함을 느낄 수 있습니다. 이런 특징을 이용해 이탈리아에서는 토마토소스를 베이스로 다양한 변형을 만들어냈습니다.

° 아마트리치아나(Amatriciana)

토마토, 관찰레(염장 돼지고기), 페코리노 로마노(치즈)

° 아라비아타(Arrabbiata)

토마토, 페페론치노, 마늘

° 푸타네스카(puttanesca)

토마토, 엔초비, 케이퍼, 올리브, 마늘

그리고 토마토는 다양한 해산물과도 만나면서 마레(Mare, 바다)라는 또 다른 풍경을 만들어내게 되지요.

—• 세 가지 계보, 세 가지 감정

파스타는 단순히 면과 소스로 이루어진 음식이 아닙니다. 그 접시 위에는 삶의 순간, 취향의 결, 그리고 감정의 색깔이 모두 담겨 있지요. 오일 파스타는 가벼움과 맑음의 상징입니다. 복잡한 마음을 정리하고 싶을 때, 생각을 맑게 하고 싶을 때, 마늘과 올리브 오일이 전해주는 그 향긋한 깊이는 무언의 위로처럼 느껴지곤 합니다. 크림 파스타는 따뜻함과 부드러움의 상징입니다. 외로움을 감싸주고, 지친 마음을 다독이며, '괜찮아, 잘하고 있어요'라고 말해주는 다정한 음식이지요. 토마토 파스타는 생명력과 열정의 상징입니다. 붉은빛이 전하는 생동감, 새콤함과 감칠맛이 뒤섞이는 강렬함은 무언가 새롭게 시작하고 싶은 날, 그 에너지 한가득 안겨주는 역할을 해줍니다. 그래서 이 세 가지 소스는 그 자체로 하나의 이야기이며, 누군가의 하루를 바꾸는 감정의 레시피가 되기도 합니다.

─•뷰66 파스타의 철학

뷰66 마네쿠에서 파스타는 평범한 식사 이상의 의미를 지닙니다. 알리오 올리오를 만드는 날엔 마늘이 타지 않도록, 오일이 산화되지 않도록 매 순간 불 조절에 신경을 씁니다. 꾸덕한 크림 파스타를 만들 때는 버터가 너무 빨리 녹지 않게, 치즈가 고루 퍼지게, 그 온도를 손끝으로 계속 확인합니다. 마레 토마토 파스타는 해산물에서 올라오는 국물의 향과 진함을 느끼며 소금 한 꼬집도 신중히 넣지요. 이 모든 과정은 단순히 레시피를 따르는 것이 아니라, 음식을 통해 누군가를 존중하고, 위로하고, 응원하는 마음이 담긴 행위입니다. 이것이야말로 파스타라는 음식이 우리에게 줄 수 있는 가장 큰 감동이 아닐까요?

—• 소스는 다르고, 마음은 같습니다

파스타를 먹는 사람마다 그날의 기분도, 생각도, 기대도 다릅니다. 누군가는 가볍게 먹고 싶어서, 누군가는 위로받고 싶어서, 또 누군가는 새로운 시도를 하고 싶어서 각기 다른 파스타를 선택합니다. 하지만 그 접시마다 공통으로 담겨 있는 것은 바로 정성, 배려, 그리고 따뜻한 마음입니다. 오일, 크림, 토마토 세 가지의 계보는 다르지만, 결국 그 모든 파스타가 우리에게 전하는 말은 하나일지도 모릅니다.

"당신의 오늘이 조금 더 따뜻했으면 좋겠습니다."

그 마음으로, 오늘도 뷰66 마네쿠의 주방에서는 소스 하나, 면발 하나에도 진심을 담아 한 접시의 브런치를 완성합니다.

뷰66 파스타의 현대적 해석

—● 전통 위에 감성, 계절 위에 상상,
  한 그릇의 현재를 요리하다

파스타라는 요리는 기원전 고대 로마의 가정식에서 시작되어, 중세 수도원의 부엌을 지나, 르네상스 귀족의 만찬에 이르기까지 참으로 다양한 손끝과 입맛을 거쳐 발전한 음식입니다. 하지만 그 긴 여정의 끝은 '완성'이 아니라 '지속'에 있습니다. 파스타는 아직도 매일 새롭게 창조되고 있으며, 각 시대의 취향과 공간, 그리고 셰프의 철학에 따라 끝없이 변화하고 있습니다. 뷰66 마네쿠에서 선보이는 파스타 역시 전통적인 이탈리아식 조리법을 바탕으로 하되, 한국적인 감성, 계절의 재료, 그리고 공간의 분위기를 반영한 '현대적 감각의 파스타'를 지향하고 있습니다.

이번 장에서는 뷰66 파스타에 담긴 조리 철학과 맛의 조합 그리고 고객님과의 교감 속에서 끊임없이 진화해 나가는 브런치 파스타의 현재 진행형을 따뜻하게 풀어드리겠습니다.

─• 알리오 올리오

– 단순함이 주는 자신감, 여백 속의 향기

뷰66 마네쿠에서 가장 기본이자 가장
많이 사랑받는 메뉴 중 하나는 바로 알리
오 올리오입니다. 이 요리는 기본적인 마
늘과 올리브 오일, 페페론치노로 구성된
정말 단출한 재료를 사용하지만, 그 안에
깃든 불 조절, 재료의 배합, 감각의 조화

이미지 출처: 뷰66 마네쿠

는 어느 메뉴보다 정교하다고 말씀드릴 수
있습니다. 뷰66 마네쿠에서는 신선한 마늘을 얇게 썰고, 올리브 오일
에 마늘 향이 퍼질 때까지 천천히 데우는 방식을 택합니다. 마늘이 갈
색빛으로 변하기 시작할 무렵, 페페론치노를 넣어 향을 입히고, 미리
삶아놓은 면을 넣되 면수를 소스에 더해 전분의 농도를 입혀줍니다.
고객님들께서 흔히 하시는 말씀은 "가장 담백한데 가장 깊은 맛이 있
어요", "질리지 않고, 먹고 나서 속이 편안해요"입니다. 이 메뉴는 단순
한 만큼 가장 셰프의 집중도와 감성이 잘 드러나는 한 접시입니다. 무
언가 복잡한 생각을 내려놓고 싶은 날, 비워진 마음을 채워주는 듯한
여백의 맛이라고 할 수 있습니다.

─• 꾸덕한 크림 파스타

– 부드러움의 농도, 위로의 질감

크림 파스타는 식사라는 개념을 넘어서 따뜻한 포옹 같은 감정을 안겨주는 요리입니다. 뷰66 마네쿠에서는 '꾸덕한 크림 파스타'라는 이름에 맞게 가벼운 크림이 아니라 진하고 농도 있는 스타일을 지향합니다. 그 중심에는 버터의 고소함, 생크림의 부드러움, 파르메산 치즈의 짭짤함,

이미지 출처: 뷰66 마네쿠

노른자의 진한 밀도가 어우러져 있습니다. 무겁지 않도록 중간에 올리브 오일을 아주 살짝 더해 향을 살리고, 마지막에는 베이컨 크럼블과 약간의 후추로 마무리합니다. 이 파스타를 드신 손님들께서 가장 많이 남기시는 피드백은 "입안에서 풀리는 느낌이 너무 좋아요.", "먹는 순간, 기분이 녹아내리는 것 같아요"입니다. 저희에게 이 메뉴는 속이 비었을 때 마음을 채워주는 부드러운 수프 같고, 차가운 날엔 마음까지 감싸주는 따뜻한 담요 같은 음식입니다.

─• 트러플 풍기 파스타

— 향으로 그리는 여운

트러플 풍기 파스타는 향의 요리입니다. 여기서 '풍기(Funghi)'는 이탈리아어로 버섯이라는 뜻입니다. 이 메뉴는 표고, 양송이, 새송이 같은 종류의 버섯을 갈아내고 가볍게 볶은 후, 생크림 베이스와 트러플 오일을 섬세하게 섞어 버섯의 향과 트러플의 풍미가 여러 겹으로 겹치도록 설계합

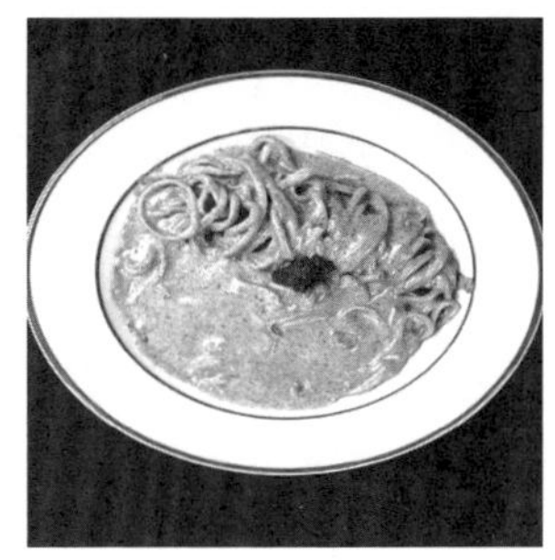

이미지 출처: 뷰66 마네쿠

니다. 소스는 과하지 않도록 버섯 육수와 면수를 섞어서 약간 묽지만 진한 농도로 조리하고, 플레이팅 위에는 트러플 페이스트로 마무리합니다. 손님들의 반응은 대부분 이렇습니다. "향이 코끝에 맴돌면서, 입에 넣기 전부터 설레요", "마치 가을 숲을 산책하는 기분이에요" 그 말처럼, 이 파스타는 계절을 담고 있습니다. 특히 쌀쌀한 날에 주문이 많아지는 메뉴이며 한 입 먹는 순간 조용히 퍼지는 향기 속에서 기분이 차분히 가라앉고, 마음의 속도가 느긋해지는 경험을 하시게 됩니다.

─• 마레 토마토 파스타

– 바다의 감칠맛을 토마토에 녹이다

마레 토마토 파스타는 바다의 향과 토마토의 붉은 생동감이 만나는 요리입니다. 뷰66 마네쿠에서는 신선한 새우, 제철 조개, 오징어 등 그날그날 해산물 상태를 확인해 사용하며, 이 해산물에서 우러나오는 자연스러운 육수가 토마토소스

이미지 출처: 뷰66 마네쿠

에 풍미를 더해줍니다. 소스는 마늘과 양파를 잘게 다져 가볍게 볶고, 토마토퓌레와 토마토홀을 이용해 깊이 있는 단맛과 산미를 동시에 끌어냅니다. 마지막에는 약간의 와인으로 해산물 비린내를 정리하고, 향긋한 바질과 이탈리안 파슬리 그리고 와일드 루꼴라로 마무리합니다. 이 메뉴는 "살짝 매콤한데 시원하고 깔끔해서 속이 뻥 뚫린다", "토마토소스도 진한데 해산물 향이 스며든 느낌이 참 좋아요"라는 평가를 가장 많이 받습니다. 바다의 선물과 토마토의 따뜻함이 한 접시 안에서 어우러진, 지중해 해변의 낭만을 선물하려는 뷰66의 바람이 담긴 메뉴입니다.

─● 로제 파스타

– 이탈리안과 프렌치 사이, 크림과 토마토의 사랑

로제 파스타는 크림과 토마토의 중간 어딘가에 머무는 섬세한 감성입니다. 진하지도, 가볍지도 않은 그 중간이 오히려 더 폭넓은 공감을 불러일으키지요. 뷰66 마네쿠의 로제 파스타는 크림소스의 부드러움과 토마토소스의 생동감을 1 대 1.5 비율로 배합하여 진하면서도 느끼하지 않은 균형감을 유지합니다. 소스에는 버터를 먼저 녹이고, 마늘과 양파를 볶아낸 후 토

이미지 출처: 뷰66 마네쿠

마토소스를 넣고 끓이다가 생크림과 우유를 추가해 농도를 조절합니다. 소스는 붉은 듯 연분홍색을 띠며, 입안에 넣었을 때 토마토의 산미가 먼저 올라오고, 바로 부드러운 크림이 감싸면서 한입의 리듬감이 만들어집니다. 손님들께서는 "진짜 부드럽고 달달한데, 안 느끼해요. 여자분들이 참 좋아할 맛이에요"라고 말씀하십니다. 실제로 데이트 메뉴 혹은 혼자서 기분 전환이 필요할 때 가장 많이 선택되는 메뉴이기도 합니다.

—• 바질 파스타

– 초록빛 향기, 산뜻함의 예술

바질은 향신료 중에서도 가장 따뜻한 기분을 전해주는 식재료입니다. 그 특유의 푸릇한 향은 식욕을 자극하면서도 마음을 가라앉히는 힘이 있지요. 뷰66 마네쿠 바질 파스타의 소스인 바질 페스토는 생바질과 올리브 오일, 잣, 파르메산 치즈, 마늘을 고르게 섞어 만듭니다. 소

이미지 출처: 뷰66 마네쿠

스에는 약간의 레몬즙을 넣어 신선함을 더하고, 면은 평평한 링귀니를 사용해 소스가 더욱 풍부하게 배도록 만들었습니다. 많은 분이 이 메뉴를 드시고 "자연을 먹는 느낌이에요", "입안이 상쾌해지고 맑아지는 느낌이 있어요"라고 말씀하십니다. 바질 파스타는 특히 봄이나 여름, 기분을 가볍게 바꾸고 싶을 때 추천하는 메뉴입니다.

—• 시즌 한정 메뉴

– 감성은 계절을 타고 온다

뷰66 마네쿠에서는 계절마다 새로운 파스타를 시도하고 있습니다. 그중에서도 고객님들께 기억에 많이 남은 메뉴가 바로 달래 크림 파스

타와 엔초비 파스타입니다.

˚ 달래 크림 파스타

이 메뉴는 봄철 시장에 보이는 향긋한 '달래'를 이용해 만듭니다. 크림의 고소함 속에 달래 특유의 알싸함이 어우러져 "입 안에 봄이 들어온 것 같다"는 말을 자주 듣습니다.

메뉴명: 달래 크림 파스타
이미지 출처: 뷰66 마네쿠

˚ 엔초비 파스타

짭짤한 감칠맛이 폭발하는 이 메뉴는 오일 베이스에 엔초비를 잘게 풀어 살짝 매콤하게 볶아낸 뒤, 파스타에 고루 코팅 되도록 만든 메뉴입니다. '어른의 맛'이라 는 표현이 잘 어울리는 이 메뉴는 단골손 님의 꾸준한 요청이 있어서, 시즌 한정 메 뉴이지만 자주 돌아오는 레시피 중 하나 입니다.

메뉴명: 엔초비 오일 파스타
이미지 출처: 뷰66 마네쿠

─• 뷰66 파스타의 철학

‑ 전통 위에 감성, 감성 위에 창조

뷰66 마네쿠의 파스타는 그저 이탈리아의 전통 요리를 따라 하는 데서 멈추지 않습니다. 전통을 바탕으로 삼되, 그 위에 계절과 감성을 얹고, 무엇보다 '당신'이라는 한 사람의 취향과 하루를 고려합니다. 그래서 저희는 늘 묻습니다.

"오늘의 기분은 어떤가요? 조금 무거운 하루였다면, 꾸덕한 크림 파스타를 추천해 드릴게요. 가볍게 시작하고 싶으시다면, 알리오 올리오로 산뜻함을 드려볼게요. 따뜻한 위로가 필요하시다면, 달래 크림 한 접시는 어떨까요?"

요리는 결국 재료와 불, 시간과 손길, 그리고 마음이 만나는 접점이라고 생각합니다. 그렇기에 뷰66은 파스타가 단순한 한 끼 식사가 아닌, 자신에게 주는 따뜻한 선물이 되길 바라는 마음으로 만듭니다.

─• 손님들과의 교감

‑ 한 접시로 이어지는 마음의 대화

어느 날 혼자 방문하신 손님께서 크림 파스타를 드시고, 조용히 입꼬리를 올리며 말씀하신 적이 있습니다. "이거 먹으니까, 혼자여도 괜찮네요. 좀… 따뜻해진 기분이에요" 그 한마디는 저희가 요리를 계속할 수 있는 가장 큰 원동력입니다.

바질 파스타를 드신 손님께서는 "향이 너무 맑고 가벼워서 오늘 하루가 달라졌어요"라고 말씀하셨습니다. 한 접시의 파스타가 하루의 분위기를 바꾸고, 잠시 자신을 돌아보는 순간이 되어줄 수 있다면 그보다 더 값진 요리는 없다고 믿습니다.

—• 파스타, 오늘의 브런치 그리고 당신의 이야기

파스타는 유행을 타지 않으면서도 매일 새롭게 다가올 수 있는 음식입니다. 그 이유는 항상 사람을 향해 열려 있기 때문입니다. 그날의 기분, 계절의 변화, 식사의 이유 그 모든 것에 따라 파스타는 다르게 느껴지고, 다르게 완성됩니다. 뷰66 마네쿠는 그 모든 가능성을 존중합니다. 한 접시의 파스타에 어울리는 술, 조용한 자리에서 은은하게 느껴지는 만족. 그 속에서 "괜찮아요. 오늘도 잘하고 있어요"라는 마음을 느낀다면, 저희는 그것으로 충분히 행복합니다.

—• 오늘의 나를 위한 따뜻한 한 접시

『테이블 위에 흐르는 시간』 그 여정의 한복판에 등장한 파스타는 이탈리아의 골목을 지나 지중해를 건너, 뷰66의 주방에서 여러분의 식탁으로 도착합니다. 오늘 당신이 어떤 기분이든, 파스타를 통해서 하루에 작은 쉼표와 따뜻한 위로, 조용한 응원을 보내는 건 어떨까요?

입맛을 사로잡는 밸런스

—• 맛의 조화는 기술이 아니라 감각이며, 결국 마음입니다

누군가 요리를 잘한다고 말할 때, 그 기준은 단순히 '재료를 잘 다루는가' 혹은 '화려한 플레이팅'만은 아닙니다. 진짜 요리를 잘한다는 것은 음식 안에서의 균형, 다시 말해 맛의 밸런스를 얼마나 잘 이해하고 있는가에 달려 있습니다. 밸런스란 너무 달지도, 짜지도, 시지도 않으며 한 가지 맛이 튀지 않도록 여러 가지 풍미가 조화롭게 공존하는 상태입니다. 그리고 이 밸런스를 구현하는 일은 단순한 공식이 아니라, 요리하는 사람의 감각, 손끝, 그리고 '먹는 사람에 대한 배려'가 필요한 섬세한 감정의 영역이기도 하지요.

이번 장에서는 파스타를 중심으로 한 다양한 음식 속에서 어떻게 맛의 밸런스가 잡히는지, 그리고 그 균형이 주는 감정적 안정감과 만족감에 대해 하나하나 풀어보려 합니다. 뷰66 마네쿠에서 매일 고민하고 실험하는 그 '맛의 무게중심' 이야기를 들려드리겠습니다.

─• 단맛

─ 따뜻함과 안정감의 시작

단맛은 인간이 본능적으로 가장 먼저 반응하는 맛입니다. 갓 태어난 아이가 어머니의 모유에서 느끼는 것도 바로 단맛이지요. 그래서일까요? 단맛은 언제나 안심, 안정, 따뜻함의 감정을 불러옵니다.

뷰66 마네쿠에서 사용하는 단맛은 설탕보다는 양파, 생크림, 토마토, 꿀, 유자청 등 자연 재료에서 추출된 '재료 본연의 단맛'에 가깝습니다. 예를 들어 로제 파스타 속 토마토의 은은한 단맛, 크림 파스타에서 생크림이 주는 고소하고 미묘한 단맛, 마레 토마토 파스타에서 토마토와 해산물 육수가 어우러질 때 나는 감미로운 감칠맛도 결국 단맛의 일환이지요. 단맛은 지나치면 물리게 되지만, 잘 다듬으면 입맛을 부드럽게 열어주는 가장 다정한 첫인상이 되어줍니다.

─• 짠맛

─ 맛의 뼈대를 잡아주는 힘

짠맛은 음식의 구조를 만들어주는 기본이자 다른 맛들을 뒷받침하는 기둥 같은 존재입니다.

뷰66 마네쿠는 짠맛을 소금, 간장, 다시마, 파르메산 치즈, 엔초비 등 재료의 특성에 따라 조절하고 있습니다. 특히 파스타 요리에서는 면수에 소금을 적절히 넣는 것이 요리 전체의 밸런스를 좌우하게 됩니다. 이는 단순히 면에 간을 하는 것이 아니라 소스와의 조화까지 고려한 전략적인 간 조절입니다. 짠맛은 늘 기준점이 되어야 하며 다른 맛들이 얼마나 살아나고 얼마나 눌릴지를 결정짓는 맛의 균형추 같은 역할을 하게 됩니다.

─• 신맛

– 리듬을 바꾸는 조율자

신맛은 요리에서 지루함을 없애주는 존재입니다. 적절한 산미는 입안을 환기하고, 다음 한 입이 궁금하게 만드는 '미각의 리셋 버튼'이라고도 할 수 있습니다.

뷰66 마네쿠는 토마토의 산미, 유자청의 달콤하고 산뜻한 산미, 발사믹 식초의 깊은 산미, 레몬즙의 톡 쏘는 산미 등을 적절히 활용하여 접시 안에서 '입맛의 기승전결'을 설계하고 있습니다. 예를 들어 바질 파스타에 아주 약간의 레몬즙을 더하면 바질 페스토의 향이 훨씬 맑게 살아나고, 꾸덕한 크림 파스타와 함께 볶아낸 양파의 맛이 크림의 무게감을 덜어내면서 리듬감을 만들어줍니다. 신맛은 잘 드러나지 않지만, 그 존재 여부에 따라 요리 전체의 생동감이 결정되는 중요한 축입니다.

─• 감칠맛

– 깊이 있는 만족의 정체

감칠맛은 다른 말로 '입에 착 감기는 맛' 또는 '왜인지 모르게 계속 먹게 되는 맛'이라고 설명될 수 있습니다. 이 감칠맛은 파르메산 치즈, 토마토퓌레, 버섯, 새우와 바지락 육수, 엔초비, 마늘과 양파를 오래 볶아 만든 베이스 등 다양한 재료에서 추출됩니다.

뷰66 마네쿠의 트러플 풍기 파스타나 마레 토마토 파스타는 이 감칠맛을 극대화한 메뉴로 먹는 내내 입안에서 고급스럽고 조화로운 맛이 맴돌며 그 여운이 한참이나 남지요. 감칠맛은 단순한 '맛'이 아니라, 요리의 깊이를 말해주는 레이어입니다. 밸런스를 논할 때, 이 감칠맛은 음식을 감정적으로 풍요롭게 만들어주는 '정서적 미각'이라고 생각합니다.

─• 지방감

– 부드러움이 주는 온기와 여운

요리에서 '지방감'이라는 요소는 단순히 고소함을 추가하는 데 그치지 않습니다. 지방은 음식의 질감과 온도감, 전체적인 풍미를 감싸주는 완충재 역할을 하지요. 특히 크림, 치즈, 버터, 올리브 오일 같은 재료는 맛을 풍성하게 만들어주며, 여러 가지 맛 사이를 연결해주는 다리 역할을 합니다.

뷰66 마네쿠는 꾸덕한 크림 파스타에서 생크림과 버터를 적절히 조합하고, 트러플 풍기 파스타에서는 버섯의 지방과 트러플 오일의 향을 연결합니다. 마지막 조리에서는 일반 올리브 오일이 아닌 엑스트라 버진 올리브 오일로 향을 입혀 전체 맛의 윤기를 살리고 있습니다. 지방감이 주는 부드러움은 음식을 좀 더 '감각적인 경험'으로 만들어줍니다. 입에서 부드럽게 퍼지는 그 감촉은 단순히 혀로 느끼는 맛을 넘어 감정을 따뜻하게 감싸주는 감촉이 되기도 합니다.

—• 식감
– 씹는 맛이 주는 활력과 기억

식감은 입안에서의 '촉감'이며, 음식을 기억하게 하는 감각의 잔상입니다. 같은 맛이라도 식감이 다르면 전혀 다른 음식처럼 느껴질 수 있지요. 뷰66 마네쿠의 파스타 요리는 면의 삶기 정도, 토핑의 식감, 소스의 점도까지 모두 조화롭게 맞춰서 식감을 다양하게 설계했습니다. 예를 들어, 알리오 올리오는 면을 조금 더 단단하게 삶아 오일과의 조화를 강조하고, 마레 토마토 파스타는 바지락과 새우의 탱탱한 식감을 살려 토마토소스의 부드러움과 대비를 줍니다. 또한 트러플 풍기 파스타에서는 버섯의 다채로운 식감이 크림소스와 부드럽게 어우러지면서 씹을 때마다 다른 표정을 보여주지요. 식감은 반복되는 씹는 행위 속에 즐거움을 주며, 음식에 속도와 리듬, 집중력을 더해주는 요소입니다.

─• 맛의 균형이 주는 감성
– '맞아, 이 맛이야' 하는 순간

맛의 밸런스가 완성되었을 때, 사람의 입에서는 종종 감탄이 흘러나옵니다.

"아, 이거다."

"정말 딱 좋아요."

"뭔가 정리가 되는 기분이에요."

그 말들은 단순한 '맛있다'라는 표현이 아닙니다. 입안에서 여러 감각이 서로 부딪히거나 혼란스럽지 않고, 부드럽게 이어지며 조화를 이루었을 때, 비로소 사람의 감정까지 정돈되는 느낌을 받게 됩니다. 이것이 바로 밸런스가 만들어내는 감성적인 만족이며, 음식이 단순한 영양 공급을 넘어서 '치유와 위로'의 영역에 들어가는 지점입니다.

─• 뷰66 마네쿠의 밸런스 철학
– 그날, 그 순간, 그 손님을 위한 조율

뷰66 마네쿠의 모든 파스타와 브런치 메뉴는 단지 '맛있게 만들겠다'는 의도를 넘어 각각의 손님에게 맞는지 고민하는 과정에서 만들어집니다. 날씨가 더운 날이면 소스의 농도를 살짝 낮추고, 고객님의 연령대나 식습관에 따라 짠맛을 조정하며, 식사 목적에 따라 플레이팅과 향도 달라집니다. 이 모든 조율은 레시피에 명확하게 쓰여 있는 것이 아니라 셰프와 서빙하는 직원, 손님과의 대화 속에서 매번 조금씩 달라지고 다듬어집니다. 그렇게 완성된 음식에는 맛의 밸런스뿐 아니라 삶의 균형, 감정의 조화, 그리고 사람 간의 온기까지 함께 담기게 됩니다.

4장
필라프와 볶음밥,
동서양의 교차점

중동에서 시작된 쌀 요리

이미지 출처: 핀터레스트

우리는 흔히 '쌀 요리' 하면 동양, 특히 한국이나 중국, 일본을 떠올리기 쉽습니다. 하지만 쌀의 기원과 그것이 요리로 승화된 이야기를 살펴보면 중동이라는 지역이 절대 빠질 수 없다는 사실을 의외로 많은 분이 느끼곤 하십니다.

이번 장에서는 아라비아와 페르시아, 레반트 지역에서 꽃피운 쌀 요리의 역사와 철학, 그 요리 안에 담긴 문화적 의미와 감정을 따뜻하게 풀어보려 합니다. 특히 고대의 무역로를 따라 쌀이 어떻게 전해지고, 그 속에 어떤 향신료와 삶의 지혜가 스며들었는지, 현대에 이르러 '중동식 쌀 요리'가 전 세계에서 사랑받는 이유까지 하나하나 천천히 들려드리겠습니다. 사막의 바람과 불길 속에서 태어난 밥 한 그릇의 깊이 있는 이야기, 지금부터 함께 시작해보겠습니다.

─● 쌀, 동쪽에서 서쪽으로
 – 문명과 함께 이동한 곡식

쌀(Rice)은 인류가 농경을 시작하면서 가장 먼저 선택한 곡식 중 하나입니다. 그 기원은 약 1만 년 전, 중국의 양쯔강 하류 유역에서 시작되었다고 알려져 있습니다. 이후 인도 대륙으로 퍼지면서 지금도 인도에서 널리 재배되고 있는 '바스마티 쌀(Basmati Rice)'의 유전적 조상이 서서히 모습을 드러내기 시작했지요. 그리고 이 바스마티 쌀은 기원전 2세기부터 활발했던 실크로드와 향신료 무역로를 통해 동남아시아와 페르시아, 그리고 아라비아반도로 건너갑니다. 당시 중동 지역의 식생활은 보리와 밀을 주식으로 하는 빵 중심의 문화였기 때문에, 쌀은 상당히 낯선 곡식이었습니다. 그러나 뜨거운 기후 속에서도 비교적 저장이 쉬우며, 향신료와 곁들일 때 풍미가 깊고 부드러우며 포만감을 주는 장점 덕분에 각 지역의 부엌과 궁중에 빠르게 자리 잡기 시작합니다.

─• 바스마티, 향신료, 고기
─ 중동 쌀 요리의 세 축

중동식 쌀 요리는 크게 세 가지의 핵심 요소를 중심으로 구성됩니다.

° **쌀(Basmati)**

가늘고 길며, 조리했을 때 고슬고슬하게 퍼지는 식감

° **향신료(Spices)**

쿠민(Cumin), 카다멈(Cardamom), 정향, 계피, 강황, 사프란 등

° **단백질(Meat)**

양고기, 닭고기, 생선, 콩류 등

이 세 가지가 만나면 단순히 '밥'이라는 단어로 표현하기엔 아까운 복합적인 요리 문화가 탄생합니다. 특히 쌀에 향신료를 더하는 방식은 그 자체로 고급 요리로 인식되었으며, 오늘날까지도 결혼식, 손님 접대, 종교 축제 등에서 빠질 수 없는 중심 음식으로 중동 사람들의 삶과 함께하고 있습니다.

―• 향신료와 불의 미학

– 밥이 아니라 '작품'이 되다

중동의 쌀 요리는 밥을 단순히 '배를 채우는 음식'이 아닌 감각을 자극하는 음식으로 바꾸어 놓았습니다. 쿠민은 은은한 흙내음을, 카다멈은 입안에서 퍼지는 청량감을, 사프란은 고급스러운 색과 꽃향기를, 강황은 따뜻한 풍미와 건강함을 담아냅니다. 이 모든 향신료는 단순히 맛을 더하기 위한 것이 아니라 그 지역의 기후와 환경, 사람들의 건강과 문화까지 고려된 지혜의 결정체라 할 수 있습니다. 게다가 중동 요리에서는 쌀을 조리하는 방식도 단순하지 않습니다. 고기와 함께 한 냄비에 조리해 육즙이 쌀에 스며들게 하거나, 향신료를 볶은 오일에 쌀을 튀기듯 먼저 볶아 향을 입힌 뒤 물을 부어 끓이는 등 단계마다 다른 불 조절과 기술이 필요합니다. 이렇듯 중동에서의 쌀 요리는 그 자체가 미각과 시각, 후각의 예술로 완성되는 요리라 해도 과언이 아닙니다.

―• 만사프(Mansaf)

– 요르단의 자부심이자 손님을 향한 진심

만사프는 요르단을 중심으로 팔레스타인, 시리아 등 레반트 지역 전반에서 널리 먹는 전통 쌀 요리입니다. '만사프'라는 이름은 '큰 접시' 혹은 '잔치'라는 뜻을 품고 있기도 하지요. 이 요리는 오래 쪄낸 양고기와 향신료를 넣고 고슬고슬하게 지은 바스마티 쌀, 그리고 독특하게 발효시킨 건조 요거트(자미드, jameed) 소스를 함께 올려 식탁 중앙의 커다란 쟁반 위에 차려집니다. 정식으로 만사프를 대접받는 날엔 손님은 숟가락 없이 손으로 먹으며, 정성과 존중을 듬뿍 느낄 수 있습니다. 이 요리는 단지 맛있는 음식을 넘어서 가장 소중한 사람을 환대하는 방식, 그리고 "당신을 위한 식사"라는 따뜻한 인사의 표현이기도 합니다.

—• 마클루바(Maqluba)
– 거꾸로 뒤집힌 밥 속에 숨겨진 풍경

마클루바는 팔레스타인, 시리아, 레바논 지역에서 아주 오랫동안 전해 내려오는 전통 밥 요리입니다. '마클루바'는 아랍어로 '뒤집어진'이라는 뜻으로, 이름 그대로 솥 안에서 재료를 겹겹이 쌓아 조리한 후, 접시에 엎어서 뒤집어 내는 방식이 특징이지요. 조리 방식도 매우 정성스럽습니다. 아래에는 구운 감자, 가지, 토마토 등 채소를 깔고

그 위에 닭고기나 양고기 같은 단백질을 올린 다음, 맨 위에 향신료를 넣은 쌀을 덮습니다. 이 상태로 천천히 끓이고 뜸을 들여 완성한 후, 접시에 조심스럽게 '뒤집어' 내면 모양이 무너지지 않고 케이크처럼 완성된 쌀 요리가 탄생합니다. 마클루바는 함께 먹는 즐거움, 셰프의 정성, 식탁의 따뜻한 풍경이 담긴 요리입니다. 가족과 친구들이 접시 하나를 두고 둘러앉아 나눠 먹는 모습은 중동식 식사의 가장 아름다

운 정수를 보여주는 장면입니다.

—• 캅사(Kabsa)

- 사우디아라비아의 국민 요리

캅사는 사우디아라비아와 페르시아만 지역 전반에서 일상식과 잔칫날 음식으로 널리 먹는 가장 대중적인 쌀 요리입니다. 특징은 먼저 고기(닭, 양, 소고기 등)를 향신료와 함께 삶아 국물을 내고, 그 국물에 쌀을 넣어 함께 익히는 방식입니다. 고기와 쌀이 한 냄비 안에서 천천히 익어가며 서로의 향과 맛을 고루 배어나면 완성입니다. 사용하는 향신료는 카다멈, 정향, 계피, 쿠민, 토마토 페이스트 등이 있으며, 맛은 꽤 풍부하고 깊습니다. 캅사는 사막에서 생활하던 부족민들의 단순하면서도 실용적인 요리 문화를 보여주며, 넉넉하게 만들어 가족과 손님 모두가 함께 먹을 수 있도록 한 환대의 미학을 잘 보여주는 음식입니다.

—• 필라프(Pilaf)

- 동서양이 공유하는 쌀 요리의 뿌리

'필라프'라는 단어는 페르시아어에서 유래한 것으로 알려져 있으며, 중동뿐 아니라 터키, 인도, 중앙아시아, 심지어 유럽의 일부 지역에서도 비슷한 방식의 쌀 요리를 가리키는 말로 쓰입니다. 그러나 레시피의 기본은 쌀을 향신료와 기름에 볶은 뒤, 육수나 물을 부어 중불에서 천천히 익히는 방식입니다. 여기에 고기, 해산물, 콩류, 건포도, 견과류 등이 더할 수 있으며, 지방과 수분, 열, 향신료가 만나 특유의 '고슬고슬하면서도 촉촉한 밥'이 탄생하게 됩니다. 필라프는 중동뿐 아니라 터키의 '필라브', 인도의 '비리야니', 러시아의 '플로프'처럼 전 세계 각지로 퍼져나간 쌀 요리의 원형이라 할 수 있습니다.

—• 쌀 안에 담긴 철학
– 느림, 나눔, 그리고 존중

중동의 쌀 요리를 깊이 들여다보면 그 안에는 단순한 조리법을 넘어서 삶에 대한 태도와 공동체에 대한 존중 그리고 무엇보다도 '사람을 위한 요리'라는 본질적인 메시지가 담겨 있습니다. 이 지역에서 쌀 요리는 빠르게 배를 채우기 위한 음식이 아니라 한 솥에 천천히 시간을 들여 조리하고, 함께 둘러앉아 나누어 먹으며, 그 시간을 통해 서로의 안부를 묻고, 감정을 나누고, 때로는 침묵으로 위로를 건네는 하나의 의식과 같은 역할을 해왔습니다. 예를 들어, 만사프나 마클루바는 그 음식의 특성상 혼자 먹기에는 너무 크고 정성스러운 요리입니다. 그렇기에 반드시 누군가와 함께하는 상황을 전제로 만들어지며, 그 순간마다 음식을 나누는 마음이 더 중요하게 여겨집니다. 쌀이라는 곡식은 본래 단단하고 생명이 없는 듯 보이지만, 물을 만나고 불을 만나고 사람의 손을 만나면 마음을 채우는 음식으로 바뀝니다. 그 변화를 통해 우리는 음식을 만든 사람의 손길과 그 손길이 닿은 사람의 얼굴까지 함께 떠올릴 수 있게 되는 것이지요.

─• 현대의 식탁 위에 다시 놓이는 쌀 요리

오늘날 중동 쌀 요리는 국경과 문화를 넘어 전 세계의 식탁 위에서 새롭게 사랑받고 있습니다. 요르단의 만사프는 고급 레스토랑의 품격 있는 메뉴로, 레바논의 마클루바는 퓨전 브런치 스타일로 재해석되었고, 카부사는 프랜차이즈나 도심형 다이닝에서 대중적인 메뉴로, 필라프는 전 세계 항공사 비즈니스석 기내식으로도 사용될 만큼 그 맛과 향, 철학과 스토리가 세계인의 감성을 사로잡고 있습니다. 이는 단순한 유행을 넘어서 사람들이 '요리의 본질'을 되찾고 싶어 한다는 신호이기도 하지요. 가장 오래되고 단순한 재료, 하지만 가장 깊이 있는 풍미와 마음을 담을 수 있는 그런 음식에 다시 마음이 향하는 건 결코 우연이 아닙니다.

─• 당신의 밥상에도 중동의 바람이 닿기를

사람들은 '밥'이라는 단어에 다양한 기억을 품고 있을 겁니다. 어린 시절에 가족이 함께한 식탁, 누군가 싸준 도시락 속의 정성, 혼자서 먹는 늦은 저녁밥까지 그 모든 밥 속에는 공기의 냄새, 마음의 온도, 사람의 손길이 담겨 있었을 테지요. 중동에서 시작된 쌀 요리는 우리가 '밥'이라는 단어에 담는 그 모든 감정에 새로운 의미와 색깔을 더해줍니다. 향신료의 리듬, 느린 조리의 철학, 그리고 함께 나누는 마음이 어우러진 이 음식들이 당신에게도 조용한 위로와 따뜻한 영감이 되어드릴 수 있기를 바랍니다.

유럽풍 라이스 디쉬의 진화

—• 대륙을 건너온 쌀, 식탁 위에 피어난 창의와 감성

중동과 아시아에서 시작된 쌀 문화는 오랜 세월을 거쳐 유럽 대륙으로 서서히 퍼져나갔습니다. 특히 8세기경 스페인을 정복한 이슬람 세력을 통해, 쌀이라는 곡식이 지중해를 중심으로 한 유럽 남부 국가들의 식탁 위에 천천히 뿌리를 내리게 되었지요. 이후 유럽의 셰프들은 이질적인 쌀이라는 식재료를 자신들의 방식으로 해석하기 시작했고, 그 결과 유럽 각국에서 고유한 정체성을 담은 '라이스 디쉬'의 진화된 형태가 등장하게 됩니다.

이번 장에서는 유럽이 쌀을 받아들이기까지의 역사와 그 속에서 태어난 다양한 쌀 요리의 계보, 그리고 현대 유럽식 라이스 디쉬가 어떻게 감각적이고 정갈한 음식 문화로 정착했는지를 이야기로 풀어보겠습니다.

—• 스페인의 파에야(Paella)

– 태양 아래에서 태어난 쌀 요리의 정수

스페인의 대표적인 쌀 요리라 하면 누구든지 가장 먼저 파에야를 떠올립니다. 파에야는 발렌시아 지방에서 유래한 요리이며 원래는 들에서 일하던 농부들이 큰 냄비 하나에 쌀과 채소, 닭고기, 토끼 고기, 때로는 해산물까지 넣어서 볶은 서민의 음식이었습니다. 이 요리는 마을 축제나 가족 모임, 주말 점심 식사에 빠지지 않을 만큼 '함께 나누는 음식'의 상징으로 자리 잡았고, 오늘날에는 고급 레스토랑은 물론 각국의 홈 파티에서도 자주 등장하는 인기 메뉴가 되었지요. 파에야는 단순한 쌀 요리가 아닙니다. 올리브 오일에 마늘과 양파를 볶고, 사프란으로 향을 입히며, 해산물 육수나 닭 육수를 붓고, 넓은 팬에 쌀을 펼쳐 넣고 젓지 않는 방식으로 조리합니다.

이렇게 조리한 파에야의 바닥에는 바삭한 누룽지 같은 '소카라트(socarrat)'가 생기고, 윗부분은 육수를 머금은 고슬고슬한 밥으로 완성됩니다. 이 조리 방식은 쌀 하나하나의 식감을 살리면서도 재료의 향과 맛을 깊이 흡수시키는 스페인 특유의 정열적인 요리 철학을 보여주는 동시에, '쌀'이라는 식재료가 가진 무한한 가능성을 다시금 느끼게 합니다.

—• 이탈리아의 리조또(Risotto)
– 끓임의 미학, 부드러움에 녹아든 정성

이탈리아는 쌀을 참 특이하게 요리하는 나라입니다. 여기서 쌀은 절대 고슬고슬하거나 마른 형태가 아니라, 버터처럼 부드럽고 크리미한 농도로 조리되어야 하지요. 그 대표적인 요리가 바로 리조또입니다. 리조또는 북이탈리아 지역에서 유래한 음식으로, 처음엔 쌀을 마늘과 양파, 버터로 볶다가 소량의 육수를 조금씩 부어가며 천천히 젓는 방식으로 완성합니다.

이 과정은 단순해 보이지만, 사실은 굉장히 섬세한 작업이며 인내심도 필요합니다. 왜냐하면, 육수를 한 번에 한 국자씩만 넣으면서 쌀이 수분에 머금는 그 '찰나'를 감각적으로 느껴야 하기 때문입니다. 이처럼 리조또는 사람의 손과 시간이 필요한 음식입니다. 단순한 맛 이상의 정성과 집중력이 고스란히 담기지요. 이탈리아 사람들은 리조또를 먹을 때 맛뿐 아니라 '누가 만들어주는지'에 더 큰 가치를 둔다고 합니다. 이 말은 곧, 이 요리가 단순한 한 끼 식사를 넘어서 사람 사이의 마음을 이어주는 음식이 될 수 있음을 의미하지요.

—• 영국식 커리 라이스(Curry with Rice)
– 식민지의 향신료가 빚어낸 또 다른 쌀 문화

영국의 쌀 요리는 전통적인 밀 중심 식문화에 가려 크게 발달하지 못했습니다. 그러나 19세기에 영국이 인도를 식민지화하면서 큰 전환점을 맞습니다. 이때 등장한 대표적인 요리가 바로 커리 라이스입니다.

영국식 커리는 인도 커리보다 훨씬 자극이 덜하고, 향신료의 사용도 절제되어 그만큼 더 대중적이고 부드러운 풍미를 지닙니다. 그리고 쌀은 고슬고슬하게 지어 커리 소스와 조화롭게 어우러지게끔 합니다. 대표적인 예로는 치킨 커리와 바스마티 라이스의 조합, 고전적인 코로네이션 치킨(Coronation Chicken) 같은 메뉴가 있으며, 이들은 영국의 펍 요리, 가정식, 학교 급식 메뉴로도 자리 잡을 만큼 폭넓은 대중성을 갖추었습니다. 이처럼 쌀은 타문화를 받아들이는 창구이자, 다양한 감정이 뒤섞인 역사와 일상을 담아내는 그릇이 되기도 합니다.

—• 북유럽의 보울(Bowl) 스타일 라이스
– 건강, 심플함, 균형의 미학

최근 들어 유럽에서 주목받고 있는 쌀 요리는 보울 스타일의 라이스 디쉬입니다. 이는 덴마크, 스웨덴, 핀란드 같은 북유럽 국가들에서 건강한 식습관, 심플한 조리법, 음식과 삶의 균형을 중시하는 문화로 인해 현대적으로 해석된 요리입니다. 보울 스타일은 밥 위에 익힌 채소, 생채소, 구운 생선이나 고기, 두부, 소스 등 다양한 식재료를 하나의 그릇에 담습니다. 즉 비주얼, 영양, 감성까지 동시에 만족하는 방법이지요. 쌀은 대부분 현미, 흑미, 오트밀과 섞기도 하고, 소금과 오일 없이 증기로 익히는 등 재료의 '본연의 맛'을 살리는 방향으로 조리됩니다. 시간이 없지만 건강한 식사를 원하는 현대인, 식물 기반 식단(Plant-based diet)을 지향하는 사람, '나를 위한 식사'를 중시하는 사람들에게 정서적 위안을 주는 요리입니다.

—• 유럽풍 쌀 요리와 브런치 문화의 만남
– 식사 이상의 한 접시

브런치는 단순히 '아침 겸 점심'이라는 시간의 개념을 넘어, 자기만의 리듬과 감성을 담은 식사의 순간으로 오늘날 많은 이들에게 사랑받고 있습니다. 특히 유럽에서는 브런치가 '일상의 쉼표' 혹은 '자신을 대접하는 시간'이라는 의미로 자리 잡았고, 그 속에 '쌀'이라는 재료가 슬며시 녹아들며 전통과 현대, 건강과 미각 사이의 멋진 균형을 보여주고 있습니다. 스페인의 파에야가 와인 한 잔과 함께하는 여유로운 주말 식사로, 이탈리아의 리조또가 부드러운 감성과 정성을 담은 따뜻한 한 끼로, 북유럽의 보울 스타일 라이스가 건강한 라이프스타일 상징으로 자리 잡는 등 오늘날의 브런치 테이블 위에서 각자의 개성을 뽐내고 있습니다.

—• 밥은 결국, 사람을 위한 음식입니다

쌀은 아주 오랫동안 전 세계 곳곳에서 다양한 방식으로 익어왔습니다. 뜨거운 사막에서는 향신료와 고기를 품고, 바람 부는 언덕 위에서는 치즈와 허브를 만나고, 촉촉하게 비가 오는 유럽 골목에서는 부드러운 우유와 버터에 감싸져 익어왔지요. 그리고 그 모든 요리 속에 공통으로 흐르는 것은 바로 누군가를 생각하는 마음, 함께 먹는 순간의 소중함, 하루의 무게를 내려놓는 따뜻한 위로입니다.

다음으로 소개할 뷰66의 필라프 한 접시는 그런 마음들을 오늘의 언어로 다시 담아낸 표현입니다. 전통을 존중하고, 시대의 감성을 반영하며, 무엇보다 '지금 이 자리에서 함께하는 누군가'를 위한 요리로서 조용히 여러분의 식탁에 놓이고 싶습니다.

뷰66 필라프의 특별한 플레이팅

─• 시선에서 먼저 머무는 맛, 한 접시에 담긴 철학과 감성

우리는 종종 음식을 눈으로 먼저 먹는다고 말합니다. 그 말은 단지 겉모양이 중요하다는 뜻이 아닙니다. 한 접시에 담긴 색감과 구성, 높낮이와 간격, 그리고 그 안에 깃든 철학과 감성이 우리의 마음을 먼저 사로잡는다는 의미이지요. 결국, 음식은 사람을 향해 만들어지는 예술이며 가장 먼저 모습을 드러내는 순간이 바로 '플레이팅'입니다. 뷰66 마네쿠는 오랜 시간에 걸쳐 요리의 맛은 물론, 그 요리가 테이블 위에 어떻게 놓이고, 누구에게 어떤 감정으로 다가가는지까지 고민해왔습니다. 예를 들어 필라프는 쌀이라는 재료의 정갈함과 따뜻함을 그릇 위에 가장 진심 어린 방식으로 담아낼 수 있는 요리이지요.

이번 장에서는 '플레이팅'이라는 표현 속에 숨어 있는 뷰66의 디테일과 정성 그리고 그 한 접시가 손님에게 전하고자 하는 이야기들을 천천히, 따뜻하게 풀어드리겠습니다.

—• 랍스터새우 필라프

– 시선이 머무는 자리, 바다의 곡선을 그릇 위에 담다

처음 접시가 눈앞에 놓였을 때, 손님들의 시선이 가장 먼저 머무는 곳은 아마도 고운 노란빛의 계란노른자일 것입니다. 그 노른자 위에는 곱게 뿌려진 파슬리가 작은 풀잎처럼 얹혀 있고, 아래로는 랍스터새우 다섯 마리가 부채처럼 정갈하게 펼

이미지 출처: 뷰66 마네쿠

쳐져 있습니다. 그 모습은 마치 부드러운 물결이 그릇 위에서 조용히 반원을 그리는 것만 같지요. 뷰66 마네쿠는 랍스터새우 필라프의 색과 형태, 질감과 방향성까지 하나하나 의도를 담아 플레이팅합니다. 쌀알은 너무 눅지 않게 볶아 고슬고슬하게 담고, 그 위로 구운 새우를 날개처럼 포개어 올려 움직임의 리듬감을 만들며, 가운데 얹은 계란프라이가 모든 요소를 하나로 아우르는 부드러운 중심점 역할을 하지요. 이처럼 이 메뉴는 단지 예쁘게 담는 것을 넘어서 하나의 시선 흐름을 따라가는 이야기 구조로 되어 있습니다. 중심에서 바깥으로, 따뜻함에서 고소함으로 그리고 시각에서 미각으로 천천히 이어지는 흐름 말이지요. 이 플레이팅은 단지 '보기 좋은' 수준을 넘어서 한 그릇 안에서 감정과 이야기, 맛의 방향까지 함께 전달하고자 하는 뷰66 마네쿠의 깊은 의도가 담겨 있습니다.

—• 우삼겹 필라프

– 고요한 정갈함과 따뜻한 풍요로움

우삼겹 필라프의 플레이팅은 랍스터새우 필라프와는 또 다른 결을 지닙니다. 여기에는 화려한 붉은 곡선 대신, 정갈하고 안정적인 구도와 포근함이 느껴지는 색감의 조화가 중심에 있습니다. 우선 그릇 중앙에는 계란프라이가 살짝 기울어진 채

이미지 출처: 뷰66 마네쿠

로 올려져 있어 자연스러운 비대칭의 균형을 만들어냅니다. 그 옆으로는 잘게 다진 우삼겹과 볶은 채소들이 적당히 고르게 퍼져 있으며, 쌀알 하나하나에는 불향이 은은히 감돌지요. 이 메뉴는 플레이팅의 의도보다도 따뜻함과 익숙함, 편안함을 시각적으로 전달하는 데 초점이 맞춰져 있습니다. 색상은 짙은 갈색과 노란빛이 중심이며, 구성은 복잡하지 않고 단순하지만 조화롭고, 중간중간에 보이는 쪽파와 당근의 색이 전체적인 톤에 은은한 생기를 더합니다. 우삼겹 필라프는 누군가 정성껏 볶아준 한 끼를 '편하게 드세요'라는 마음으로 내어드리는 듯한 그런 포용력 있는 한 접시입니다. 이처럼 랍스터새우 필라프가 '관능적인 풍미의 유희'라면, 우삼겹 필라프는 '정서적인 안정과 따뜻한 식사'에 가깝다고 할 수 있습니다.

━• 색의 대화
– 접시 위에서 먼저 피어나는 감정

플레이팅에서 가장 먼저 감지되는 것은 사실 '맛'이 아니라 '색'입니다. 색은 단숨에 감정을 움직입니다. 식욕을 자극하고, 감각을 깨우며, 무엇보다도 기분을 선명하게 만들어주지요. 뷰66 마네쿠는 필라프를 플레이팅할 때 가장 먼저 생각하는 것이 바로 '색의 구성'입니다. 랍스터새우 필라프에서는 노란 노른자, 주황빛 새우, 초록 파슬리, 짙은 쌀밥의 갈색이 한 접시에 자연스럽게 흐르며 따뜻하고 화사한 인상을 전합니다.

우삼겹 필라프에서는 계란의 부드러운 흰색과 노른자의 선명함, 그 아래로 다채롭게 볶인 채소들의 미묘한 색감이 정갈하면서도 풍요로운 밥상이 떠오르게 합니다. 이런 색감의 배치는 눈으로 먹는 '처음 한 입'에 가장 따뜻하고 부드러운 인상을 남기기 위한 작지만 정성스러운 계산이기도 합니다. 플레이팅이란 결국, 요리의 정서를 시각적으로 옮겨 놓는 작업입니다. 그 정서가 색으로 피어나는 순간, 그 한 끼는 기억으로 남게 됩니다.

━• 그릇의 형태
– 음식의 온도를 담는 그릇의 선택

뷰66 마네쿠의 필라프는 오목한 라운드형 그릇에 담겨 나옵니다. 이 형태는 단지 실용성 때문만은 아닙니다. 음식이 안으로 모이는 그릇의 형태는 쌀 요리 특유의 포근함을 더해주고, 살짝 파인 중심에 계란프라이가 안정감 있게 놓이며, 둥글게 말려 있는 가장자리는 음식이 담긴 풍경을 하나의 '장면'으로 완성해주는 역할을 합니다. 또 그릇 바깥쪽으로는 살짝 톤 다운된 크림색 바탕과 갈색 라인이 그려져 있어, 강렬한 식재료의 색이 부드럽게 중화되며 전체적으로 따뜻하고 정돈된 인상을 만들어냅니다. 플레이팅은 결코 '꾸미기' 위함이 아닙니다. 그릇이라는 공간 안에서 온기와 질감, 무게와 색감이 조화를 이루는 작은 무대이지요. 뷰66의 필라프 플레이팅은 그 무대와 하루를 위해 준비한 따뜻한 장면 한 컷과도 같습니다.

—• 손님과의 교감
– 한 접시로 전하는 인사

뷰66 마네쿠는 생각합니다. 플레이팅은 셰프가 손님에게 보내는 첫 번째 편지라고요. 그 편지는 "오늘 고생 많으셨어요", "이 요리는 당신만을 위한 것이에요", "마음 편히 드셔주세요"라는 이야기를 조용히 건넵니다. 그래서 랍스터새우 필라프의 새우는 너무 삐뚤거나 무질서하게 놓지 않습니다. 하지만 또 너무 딱딱하게 맞추지도 않지요. 그 안에 흐름과 여백이 느껴지도록 자연스러운 리듬을 담습니다. 우삼겹 필라프 역시 소박하지만 흐트러지지 않게, 정갈하지만 부담스럽지 않게, 가장 편안하게 받아들일 수 있는 모습으로 완성합니다. 결국, 뷰66의 플레이팅은 그날 오신 손님 한 분 한 분을 위한 작은 정성과 배려의 시선입니다. 한 접시의 밥이지만, 그 위에 얹힌 재료, 색, 구조는 모두 그분을 향한 '안부 인사'이자 '작은 감사'입니다.

─● 공간과 어우러지는 음식
– 한 접시가 만드는 풍경

뷰66 마네쿠의 내부는 창이 커서 빛이 부드럽게 들어옵니다. 테이블 위에는 특별한 장식 없이 음식 자체가 공간의 중심이 되는 구조입니다. 그렇기에 플레이팅은 음식 그 자체로 풍경 일부가 되어야 합니다. 목제 테이블 위의 랍스터새우 필라프는 한 접시 안에 따뜻함과 생동감을 담은 한 컷의 그림 같은 구도로 보이고, 은은한 빛 아래의 우삼겹 필라프는 차분하고 고요한 안정감을 줍니다. 그릇, 조명, 테이블 색, 식재료의 톤이 하나로 어우러질 때 손님은 식사라는 순간을 단지 입으로만이 아니라 눈과 마음으로도 경험하게 됩니다. 이런 조화는 '먹는다'는 동작을 '기억한다'는 감정으로 바꾸어 줍니다. 뷰66의 식탁 위에서는 그 기억이 맛과 함께, 풍경으로도 남기를 바라는 마음이 담겨 있습니다.

─• 식탁 위의 감성

– 플레이팅은 따뜻한 이야기입니다

플레이팅이라는 단어는 사람에 따라 화려함, 미술적 감각, 기교 등을 떠올리게 만들 수 있습니다. 하지만 뷰66이 생각하는 플레이팅은 조금 다릅니다. 그것은 정중한 인사이고, 부드러운 배려이며, 마음을 담은 대화입니다. 한 접시 안의 질서, 흐름, 여백, 리듬은 모두 그날 그 자리에 온 손님을 위한 이야기로 완성됩니다.

"이 메뉴를 준비하며 어떤 생각을 했는지"

"어떤 감정을 전달하고 싶었는지"

"당신이 이 접시를 받았을 때 어떤 기분이길 바라는지"

그 모든 것이 계란프라이의 방향에서부터, 파슬리 한 조각, 그릇의 곡선, 새우의 배열까지 하나하나에 담겨 있습니다. 뷰66은 그런 마음을 담아 오늘도 똑같은 필라프를 조금은 다르게, 조금은 더 따뜻하게 손님에게 건넵니다.

5장
숙성회,
시간으로 맛을 빚다
VIEW 66
VIEW 66

한국 회 vs 일본 숙성 사시미

—• 같은 바다, 다른 칼끝에서 피어난 맛의 철학

하얀 도마 위에 올려진 생선 한 마리. 그 생선을 단단한 손으로 잡고, 날 선 칼끝으로 매끈하게 썰어낸 뒤, 그 결을 따라 단정하게 접시에 담는다.

겉으로 보기엔 단순하고 직관적인 작업처럼 보이지만, '회'라는 음식은 그 단순함 속에 수천 년의 손맛과 문화가 쌓여 있는, 그야말로 동아시아 식문화의 결정체라 할 수 있습니다. 특히 한국의 활어회와 일본의 숙성 사시미는 같은 바다에서 건져 올린 생선을 다루지만, 그 맛과 표현 방식, 그리고 시간과 도구를 대하는 태도는 완전히 다릅니다. 활어회는 생선이 가진 생명력을 있는 그대로 전달하려는 정직한 손끝의 기술이며, 숙성 사시미는 시간과 손맛으로 생선의 속내를 천천히 끌어내는 절제된 장인의 미학입니다. 두 요리는 신선함을 다룬다는 공통점 아래, 서로 다른 철학과 기법으로 인간의 감각을 매만지고 있습니다.

이번 장에서는 같은 재료, 같은 자연을 앞에 두고도 전혀 다른 방식으로 해석한 이 두 문화의 차이를 조용히 따라가 봅니다. 그리고 그 안에서, 단순히 회 한 점이 아닌, 요리를 통해 전해지는 감정과 태도, 관계의 깊이를 함께 짚어보려 합니다.

—• 한국의 회
– 바다 그대로의 생명력을 담아내는 기술

한국의 회는 살아 숨 쉬는 바다를 최대한 손대지 않고 담아내려는 노력에서 출발합니다. 특히 활어회는 '신선도' 그 자체가 곧 품질이며, 회를 써는 사람의 손끝은 오롯이 그 생선의 결과 투명한 살결과 탄력을 살려내기 위해 존재합니다. 한 점의 회는 오롯이 바다에서 갓 건져 올린 순간의 감각을 담아내야 하며, 생선의 육질과 색감, 냄새와 식감 어느 하나 흐트러짐 없이 살아 있어야 합니다.

삼면이 바다로 둘러싸인 지형적 특성과 연안 어업이 발달한 역사 속에서, 한국은 자연스럽게 활어회 중심의 식문화를 꽃피워 왔습니다. 경상도의 막회는 생선 본연의 맛에 매콤한 양념을 추가해 즉흥성과 강렬함을 살렸고, 전라도의 회무침이나 회덮밥은 생선과 채소, 양념을 섞는 조화와 풍성함을 중요시했습니다. 이어서 수도권에서는 깔끔하게 손질한 광어와 우럭, 농어 등이 잔잔하고 절제된 회상에 오르며, 식재료 자체의 미묘한 차이를 느끼는 데 집중하는 경향을 보입니다.

한국 회는 숙성이라는 개념과 거리가 멉니다. 시간이 지날수록 생선의 결은 흐트러지고, 향은 탁해지며, 탄력은 빠르게 사라집니다. 그래서 활어회는 '지금 이 순간이 아니면 안 되는' 음식이며, 손질에서 제공까지의 시간이 짧을수록 더 가치 있게 평가됩니다. 그만큼 회를 떠내는 칼질 하나하나에는 정확성과 빠른 판단, 손끝의 미세한 감각이 함께 들어갑니다. 살을 해치지 않고 미끄러지듯 잘라내야 하며, 결이 살아 있도록 썰어낸 얇은 단면 하나에 칼잡이의 기술과 생선의 신선함이 고스란히 녹아 있습니다. 한국 활어회는 말하자면, 바다에서 건져 올린 생명을 최대한 온전하게, 손대지 않고 보여주는 음식입니다.

─• 일본의 사시미
– 시간과 손맛으로 완성되는 미니멀의 예술

반면, 일본의 사시미는 정반대의 길을 택합니다. 생선은 단지 '갓 잡은 상태'보다, 어떻게 다듬고 숙성하느냐에 따라 더 깊고 풍부한 맛을 품을 수 있다는 믿음 아래, 시간과 정성이 음식의 일부분으로 들어옵니다.

에도 시대 도쿄만에서 시작된 '에도마에(江戶前)' 스타일은 지금의 일본 숙성 사시미와 스시 기술의 정수를 이룹니다. 생선을 즉시 먹기보다 식초나 소금으로 절이는 '시메', 간장에 담가 풍미를 배가하는 '즈케', 다시마로 감싸 수분을 빼고 감칠맛을 더하는 '코부지메', 혹은 겉면을 살짝 그을려 향을 살리는 '아부리' 등은 모두 시간과 기술을 더하는 조리법입니다. 이러한 사시미는 더이상 단순한 날생선이 아닙니다. 셰프는 생선의 종류, 지방의 함량, 조직의 밀도, 계절 온도까지 계산하여 '언제, 어떤 방식으로 숙성해야 최고의 맛이 되는지'를 정합니다. 시간은 단순한 기다림이 아닌, 맛을 설계하는 수단이며, 손맛은 그 설계를 완성하는 도구입니다.

숙성 사시미는 입안에서 씹지 않아도 되는 부드러움을 지향합니다. 혀에 올렸을 때 사르르 풀어지며, 감칠맛, 산미, 단맛, 그리고 약간의 지방감이 천천히, 차례대로 펼쳐집니다. 여기에 곁들여지는 쇼유와 와사비, 혹은 유자와 다진 차조기 잎까지도 모두 이 '한 점' 안에서의 맛의 흐름을 완성하는 요소입니다. 요컨대 일본의 숙성 사시미는 시간을 거쳐 완성되는 미각의 구조물이며, 단순히 먹는 행위를 넘어 '느끼는 방식'까지 포함된 요리라 할 수 있습니다.

─• 숙성이라는 기술
− 시간을 어떻게 사용하는가

이 두 요리의 본질적인 차이는 결국 '시간'을 어떻게 바라보느냐에 있습니다. 한국의 회 요리는 시간을 경계합니다. 생선은 잡히는 순간부터 빠르게 맛이 저하되고, 감각이 무뎌지며, 비린내와 부패의 위험이 커진다는 전제가 있기에, 시간이 길어질수록 생선은 죽은 음식이 되어간다는 철학이 자리합니다. 그래서 활어회는 신속함과 즉시성이 핵심이며,

손질에서 접시에 오르기까지의 흐름은 한 치의 지체 없이 빠르게 흘러가야 합니다.

반면 일본의 숙성 사시미는 시간을 요리의 일부로 받아들입니다. 생선의 단백질이 천천히 아미노산으로 분해되며 감칠맛을 형성하고, 조직이 유연해지며, 향이 배양되듯 깊어집니다. 이는 단순한 방치가 아니라, 시간을 통제하고 설계하는 기술이며, 장인의 경험과 과학적 감각이 조화될 때 비로소 실현됩니다.

이처럼 시간 앞에서, 한국은 즉각적인 생명력의 정수를 보여주고, 일본은 시간을 들여 조율한 풍미의 완성도를 보여주며, 둘은 같은 재료에 다른 철학을 품은 두 갈래의 예술이라 할 수 있습니다.

—• 식감과 맛의 구조
– 결을 살릴 것인가, 녹여낼 것인가

한국 활어회의 식감은 '결'에 있습니다. 살아 있는 생선의 근육이 칼에 의해 분리되었을 때, 그 조직감은 손대지 않은 듯 유지되어야 하며, 입안에서는 '톡' 끊기고 '사각' 씹히는 감각으로 바다의 생명력을 전달합니다. 회는 얇고 길게 썰수록 좋고, 살결이 살아 있을수록 뛰어난 기술로 평가받습니다.

반면 일본의 숙성 사시미는 씹기보다는 '녹아내리는 감각'을 중시합니다. 혀 위에 올리면 자연스럽게 풀어지고, 풍미가 입안 전체로 퍼지는 흐름이 중요합니다. 이때 밥, 소스, 향신 재료까지도 일체감 있게 조화되어야 하며, 장인의 손은 한 점 안에 있는 미각의 순서를 정리하는 역할을 맡습니다.

요컨대 활어회는 입안에서 자연을 씹는 요리, 숙성 사시미는 입안에서 시간을 녹여내는 요리라 할 수 있습니다.

─• 접객의 방식
– 한상차림과 오마카세의 철학

한국 활어회는 여러 반찬이 곁들여진 따뜻한 상차림으로 완성됩니다. 초고추장, 마늘, 깻잎, 상추, 쌈장, 국물 요리까지… 모든 구성은 식재료를 넘어서 함께 먹는다는 문화, 나눔의 정서를 담아낸 접객의 철학이라 할 수 있습니다. 저희 역시 그러한 전통의 뿌리를 존중하며, 브런치와 다이닝 모두에서 '같이 먹는 따뜻한 식사'가 되길 바라는 마음으로 준비하고 있습니다.

반면, 일본에는 또 다른 결의 방식이 존재합니다. 바로 '오마카세(お任せ, 맡긴다)'입니다. 셰프가 재료의 선정부터 제공 순서까지 전적으로 책임지고, 손님의 반응과 그날의 기운에 따라 한 점 한 점을 조용히 내어주는 방식입니다. 이러한 흐름은 셰프와 손님 사이에 짧지만, 깊은 신뢰의 관계를 형성하며 정중하고 집중도 높은 식사 경험으로 이어집니다. 저희가 운영하는 뷰66 마네쿠는 오마카세 방식은 아니지만, 그

철학 속에서 배울 수 있는 음식에 집중하는 태도'와 '손님에게 반응하는 감각'은 브런치와 다이닝의 흐름 속에서도 진심으로 녹여내고자 합니다. 조용하지만 정성 어린 서비스, 흐트러짐 없는 준비, 그리고 접객의 본질이란 결국 '손님을 어떻게 마주하는가'라는 믿음을 담아 오늘의 식사를 정중히 준비합니다.

―• 셰프는 칼을 들고 '시간'을 조각합니다

칼을 든다는 건 단순한 조리 행위가 아닙니다. 그건 시간을 다루고, 감정을 정돈하는 일입니다.

한국에서 회를 썰 때는 매번 다르게 생긴 생선을 마주합니다. 그래서 그날 온도와 생선의 상태에 따라 칼날의 깊이와 방향을 바꿉니다. 결을 해치지 않도록, 근육의 흐름을 정확히 읽고 '스며드는 칼질'로 조용히 시간을 절개합니다. 빠른 손놀림 속에도 긴장과 집중이 서려 있으며, 그 속도 속에 깃든 정성은 손님에게 그대로 전달됩니다.

반면, 일본에서의 칼은 '조형의 도구'입니다. 썰기보다는 다듬고, 자르기보다는 방향을 잡습니다. 밥과 생선, 생선과 입안의 온도 사이의 균형을 만드는 것이 칼의 진짜 역할입니다. 심지어 어떤 장인은 생선을 자른 칼의 궤적을 자신의 손끝과 비교하며 하루를 복기한다고 하지요.

저희 역시 칼날 하나로 단순히 음식을 만드는 것이 아니라, 그날의 리듬과 감정, 그리고 손님을 향한 마음을 조각하고 있다고 믿습니다.

요리는 손끝의 힘으로 보여주는 철학이며, 칼날은 그 철학을 음식에 조용히 새겨 넣는 펜과도 같습니다.

─• 음식이 우리에게 건네는 말
– 다른 맛, 같은 진심

　식사는 단순한 행위가 아닙니다. 그건 관계의 언어이자 삶의 일부입니다. 부산 자갈치시장의 활어 한 접시, 정성껏 담아낸 파스타 한 그릇, 저녁의 끝자락을 따뜻하게 덮어주는 된장국 한 사발. 때와 장소가 달라도 누군가를 위해 준비된 음식에는 한결같은 마음이 스며 있습니다. 그 자체로 하나의 편지이지요. 어쩌면 입안에 남은 여운은 그날의 분위기나 함께한 사람보다도 더 오래 기억에 남는 인상을 줍니다. 저희는 매일 그런 마음으로 음식을 만듭니다. 누군가 오늘을 살아내고, 그 하루를 잠시 멈춰서 쉬어갈 곳이 되어야 한다는 것. 그래서 음식은 맛있기만 해선 안 됩니다. 그 안에 따뜻함과 정성, 사람을 향한 존중이 함께 담겨야만 한다고 믿습니다.

숙성의 과학과 감각

─● 시간과 온도, 기다림이 빚어내는 맛의 예술

"음식은 시간이 만든다."

이 짧은 말 한마디 안에는 인류의 오랜 요리 철학과 지금도 수많은 주방에서 이어지고 있는 '숙성'이라는 기술의 깊이가 담겨 있습니다. 숙성은 단지 오래 보관하는 행위가 아닙니다. 그것은 '기다리는 일'이며, 재료의 숨결이 바뀌는 것을 조용히 바라보는 일입니다. 그리고 그 기다림 속에서 자연의 이치와 인간의 감각 그리고 과학의 원리가 만나 이전에는 없던 새로운 맛을 창조하게 되지요.

이번 장에서는 음식에서 '숙성'이 어떻게 맛을 바꾸고, 식감을 바꾸며, 사람의 감정을 어루만지는 요리의 일부가 되었는지를 과학적 원리와 감각적인 철학을 함께 담아 천천히 풀어드리겠습니다.

─• 숙성이란 무엇일까요?

먼저, 숙성이란 정확히 무엇일까요? 숙성은 '재료 안에 있는 성분이 자연스럽게 변화하도록 기다리는 과정'입니다. 그 변화는 무척 다양하지요. 단백질이 분해되어 부드러워지고, 지방이 산화되어 풍미가 깊어지며, 당분이 발효되거나, 향 성분이 더욱 응축되기도 합니다. 이 변화들은 단순히 '맛이 진해진다'를 넘어 전혀 새로운 맛의 층을 만들어주는 힘이 있습니다. 예를 들어, 고기는 숙성을 통해 더 부드러워지고 감칠맛이 생기며, 생선의 단단한 결이 풀어지며 식감이 부드러워지고, 치즈나 장(醬)은 짠맛과 산미 사이에서 새로운 향을 만들어내지요. 즉, 숙성은 '지금의 맛'을 보존하는 것이 아니라, 그 재료의 가능성을 최대치로 끌어올리는 과정입니다.

─• 미생물과 효소
― 맛을 만드는 보이지 않는 장인들

숙성 과정의 주역은 눈에 보이지 않는 생명체들입니다. 첫 번째 주인공은 효소(Enzyme)입니다. 효소는 단백질과 지방, 탄수화물을 잘게 쪼개 아미노산, 지방산, 당류 같은 작은 분자로 바꿔줍니다. 이 분자들이 바로 감칠맛의 근원이 되는 물질이죠. 두 번째 주인공은 미생물(Microorganism)입니다. 유산균, 효모, 곰팡이, 박테리아 등 수많은 미생물이 재료의 성분을 변화시키며 발효와 숙성의 경계에서 새로운 맛을 탄생시키지요. 특히 한식에서 쓰이는 된장, 간장, 청국장은 이 미생물들이 만들어낸 발효 숙성의 결정체입니다. 온도와 습도, 재료의 종류에 따라 수백 가지의 미세한 향이 피어나며, 단지 짠맛이 아니라 진한 풍미와 깊이 있는 감정을 함께 담아내는 음식으로 거듭납니다. 일본식 사시미의 숙성도 마찬가지입니다. 생선 단백질을 자연 효소가 분해하며 감칠맛을 내는 이노신산이 증가하고, 그 변화는 혀끝에서만 느낄 수 있는 미세한 차이로 드러나게 됩니다.

─• 온도와 시간
– 기다림의 기술

숙성의 또 하나의 중요한 축은 바로 온도와 시간입니다. 너무 빠르면 재료가 무너지고, 너무 느리면 의미 없는 보관이 되고 맙니다. 온도가 너무 높으면 부패로 이어지고, 온도가 너무 낮으면 아무 일도 일어나지 않지요. 그래서 좋은 숙성은 언제나 '적절한 온도와 적절한 시간'에서 출발합니다. 예를 들어, 소고기를 드라이 에이징(dry aging) 할 때는 온도는 섭씨 0도에서 2도, 습도는 약 70~85%, 그리고 하루 24시간 멈추지 않는 공기 순환이 핵심입니다. 이런 조건으로 20일에서 40일 이상 천천히 시간을 들이면, 고기의 수분이 천천히 농축되고, 단백질이 부드럽게 분해되며 깊고 진한 풍미가 피어나는 과정이 시작됩니다.

생선은 종류에 따라 숙성 시간이 다릅니다. 광어는 하루, 전갱이는 이틀, 참치는 사흘 이상을 숙성하며 그동안 식감이 부드러워지고, 비린내는 줄어들며, 단맛과 감칠맛이 훨씬 더 살아나게 됩니다. 한식의 대표적인 숙성 요리인 김치나 젓갈은 상온과 저온에서 각각 다른 발효 향을 만들어냅니다. 그중 일부는 향과 맛이 깊어지고, 또 일부는 감칠맛이 전면에 드러나지요.

이처럼 숙성은 '그냥 오래 둔다'가 아니라 재료와 셰프의 감각이 함께 조율하는 시간입니다. 좋은 숙성은 시간이 주는 깊이를 담고 있고, 그 깊이는 맛으로서 사람의 감정에 닿게 됩니다.

—• 숙성의 다양한 방식

– 건조, 발효, 절임, 그리고 감칠맛 숙성

숙성은 방식에 따라 그 성격이 전혀 달라집니다. 셰프는 재료와 목적에 따라 이 숙성의 방법을 선택하고, 그 조합을 통해 재료의 '제2의 생명'을 끌어냅니다. 대표적으로 건조 숙성, 드라이 에이징 스테이크가 있는데, 고기나 생선을 공기 중에서 자연스럽게 수분을 날리며 숙성시키는 방식입니다. 수분이 빠져나가며 풍미가 응축되고, 지방과 단백질이 분해되면서 짙은 감칠맛이 생깁니다.

이 외의 숙성 방법은 다음과 같습니다.

˚ 습식 숙성(Wet aging)

진공 포장된 상태로 일정 온도에서 숙성하는 방식으로, 고기의 육즙이 그대로 보존되며 부드러운 질감과 은은한 풍미가 특징입니다.

˚ 발효 숙성(Fermented aging)

미생물의 도움을 받아 단순한 맛을 복합적인 풍미로 바꾸는 과정입니다. 김치, 된장, 간장, 치즈, 요거트 등이 이 방식에 속합니다.

˚ 염지·절임 숙성(Curing/Pickling)

소금이나 설탕, 식초, 간장 등의 조합으로 재료의 수분을 조절하거나 잡내를 줄이고, 동시에 맛을 입히는 방식입니다. 일본의 스시에서 자주 쓰이는 즈케나 한국의 간장 새우장도 여기에 속합니다.

˚ 감칠맛 숙성(Umami aging)

감칠맛 성분이 가장 풍부한 재료끼리 함께 두어 서로의 향과 맛을 배가시키는 숙성법입니다. 예를 들어, 다시마와 생선을 함께 두거나, 표고버섯과 육류를 함께 진공 포장하여 숙성시키는 방식이지요. 이 모든 방식은 그저 오래 두는 게 아니라 맛을 끌어올리는 방향으로 조정하고 이끌어가는 기술입니다.

─• 감각의 변화
– 숙성이 맛을 새롭게 쓰는 방식

숙성된 재료를 처음 맛보면 그 변화에 놀라게 됩니다. 식감은 부드러워지고, 향은 더욱 짙어지며, 입안에서의 퍼지는 맛의 속도까지 달라집니다. 특히 감칠맛의 변화는 숙성 전후의 차이를 가장 극명하게 보여줍니다. 생선은 숙성을 통해 이노신산이 증가하고, 고기는 글루탐산과 구아닐산이 농축되어 단맛 같기도, 짠맛 같기도, 하지만 분명히 다르게 입안에 머무는 독특한 풍미를 만들어냅니다. 그리고 그 맛은 한 번이 아니라 한 끼 전체의 감정을 바꾸어 놓습니다. 예를 들어, 랍스터를 하루 냉장 숙성하면 탱탱함은 줄어들지만, 단맛과 감칠맛이 배가 되는데, 뷰66 마네쿠의 랍스터새우 필라프처럼 바다의 향이 밥에 스며들며 더욱 완성도 있는 맛이 됩니다. 우삼겹을 저온에서 하루 동안 염지 후 구우면 겉은 바삭, 속은 부드럽고 육즙이 살아나는 반전 매력이 생기고요. 이처럼 숙성은 맛의 방향을 설계하고, 감각의 층을 만들어주는 도구입니다.

─• 현대 요리에서 숙성의 재해석
– 기술과 창의의 만남

오늘날의 셰프는 숙성을 전통적 방법에만 의존하지 않고, 새로운 기술과 기기, 발상을 통해 이 과정을 더 정밀하게 조율하고 있습니다.

˚ 진공 저온 숙성(Sous-vide aging)

진공 상태에서 일정 온도로 천천히 익히며 숙성하는 방식으로, 육류와 생선, 심지어 채소까지 본연의 수분을 유지하면서 부드럽게 완성할 수 있습니다.

˚ 효소 주입 숙성(Enzyme infusion)

고기나 생선에 효소를 바르거나 효소가 포함된 마리네이드로 숙성해 단시간 안에 부드러움과 풍미를 끌어올리는 방식입니다.

˚ 인공 숙성 환경 조성

발효실이나 숙성 캐비닛을 통해 습도, 온도, 공기 흐름, 자외선 등을 제어하며 재료의 숙성을 '디자인'하는 수준으로 발전했습니다. 이러한 시도들은 요리를 단지 '재료를 요리하는 행위'에서 '맛을 설계하는 일'로 끌어올리고 있습니다.

—• 숙성과 기다림
– 아무것도 하지 않는 시간이 만들어낸 가치

숙성이라는 말은 어쩌면 '기다림'이라는 단어와 가장 가까운 말일지도 모르겠습니다. 우리는 너무 자주 무엇이든 빨라야 좋고, 시간을 줄여야 효율적이라고 믿습니다. 하지만 숙성은 그 생각들에 조용히 "아니요”라고 말하는 기술입니다. 그저 적절한 온도와 습도 안에 두어 지켜보고, 냄새를 맡고, 색을 살피고, 스스로 가장 좋은 때에 이르도록 재료의 흐름에 귀 기울입니다. 그 시간이 쌓여 누군가의 입에 닿는 순간, 알지 못했던 새로운 맛의 층이 펼쳐지며 사람들은 깨닫게 됩니다.

'아, 좋은 음식은 그냥 만들어지지 않는구나. 이 안에는 기다림과 정성, 그리고 배려가 있었구나.'

결국, 숙성은 맛을 만드는 기술이 아니라 맛을 위해 시간을 쓰는 태도입니다.

─• 셰프의 감각
– 손끝에서 완성되는 맛

셰프는 숙성을 과학으로 시작하지만, 결국은 감각이 완성합니다. 그날의 기온, 습도, 재료의 상태에 따라 숙성 시간을 조금 더 줄이거나 늘리고, 칼을 대는 위치나 결에 따라 숙성의 농도를 가늠하고 조절합니다. 재료가 내는 아주 미세한 냄새나 색의 변화를 알아차릴 수 있는 촉감과 경험. 이건 절대 숫자로 환산되지 않고, 기계로 예측되지 않습니다. 오직 셰프의 눈, 코, 손끝, 그리고 직관이 완성하는 결과입니다. 이런 손끝에서 완성된 음식은 단지 맛있는 것을 넘어, 한 사람의 마음을 어루만지고 위로하고 감동을 주는 힘을 갖게 됩니다.

—• 맛의 깊이를 이해하는 태도

– 삶을 대하는 자세

우리는 숙성을 통해 맛이 단지 '즉각적인 자극'이 아님을 배웁니다. 좋은 맛은 시간이 필요합니다. 때로는 약간의 기다림과 불편함이 따르며, 그렇게 쌓인 풍미가 오래도록 기억 속에 남지요. 이건 꼭 음식만의 이야기가 아닙니다. 삶도 그렇습니다. 금방 성과가 나지 않아도, 빠르게 지나가지 않아도, 어떤 날은 그냥 멈춰 있어도, 그 시간이 잘 익어간다면 언젠가 아름다운 맛이 피어날 겁니다. 부디 이 희망의 메시지가 우리의 식탁 위에 올라와 마음속의 울림이 되면 좋겠습니다.

뷰66 숙성회 메뉴 탐구

—• 기다림의 미학, 한 점의 회에 담긴 온기

이따금, 어떤 음식은 맛을 넘어서 감정까지 머무르게 하는 힘을 지니고 있습니다. 풍미보다도 마음을 움직이는 장면이 입안에서 펼쳐지기도 하지요. 뷰66 마네쿠의 숙성회가 바로 그렇습니다. 접시 위에 고요히 담긴 생선의 결, 은은한 빛을 머금은 흰살, 섬세한 손길로 더해진 플레이팅. 무엇보다도 그 안에 담긴 시간의 무게와 기다림이 이 음식을 더욱 특별하게 만듭니다.

이번 장에서는 뷰66 마네쿠에서 선보이고 있는 숙성회 메뉴를 중심으로 그 구성과 숙성 방식 그리고 접객과 플레이팅의 철학까지 따뜻하게 풀어보고자 합니다.

─• '숙성회'라는 세계

– 생선의 시간을 요리하는 일

일반적으로 우리가 '회'라고 부를 때, 가장 먼저 떠올리는 건 갓 잡은 생선을 바로 썰어낸, 생명력 넘치는 질감입니다. 한국 회 문화가 지닌 특유의 생생한 신선함은 우리에게 매우 익숙하고 또 자랑스러운 방식이지요. 하지만 숙성회는 조금 다른 방향의 이야기를 품고 있습니다. 숙성회는 단순히 더 오래된 회가 아닙니다. 그 안에는 생선의 육질이 숙성을 통해 어떻게 변화하는지, 감칠맛이 시간이 지나면서 어떻게 응축되는지 그리고 기다림과 손길이 얼마나 깊이 들어가야 한 점의 회가 '가장 맛있는 순간'이 되는지에 관한 정교한 이해와 감각이 녹아 있습니다. 즉, 숙성회는 신선함을 포기한 음식이 아니라 신선함 너머에 있는 시간과 맛의 균형을 찾아낸 음식입니다. 지금 뷰66 마네쿠의 숙성회 플레이트 안에는 이런 숙성회의 철학이 한 점, 한 점으로 조용히 담겨 있습니다.

─• 뷰66 숙성회 플레이트

– 구조 속에 흐르는 감정

사진, 혹은 실제 매장에서 마주할 뷰66 마네쿠의 숙성회 플레이트는 첫인상부터 남다른 감정을 전달합니다. 그건 단순히 구성 재료가 많아서도, 플레이팅이 예뻐서만도 아닙니다. 그보다 더 근본적인 이유는 한 접시 안에 담긴 리듬과 배려의 흐름 때문입니다.

이미지 출처: 뷰66 마네쿠

° 뷰66 마네쿠의 숙성회 기본 구성

광어 숙성회, 도미 숙성회, 연어 숙성회, 시메사바(식초절임 고등어), 초새우 또는 찐새우, 소고기 육사시미에 식용 꽃과 와사비, 그리고 간장과 가벼운 소스 몇 가지를 곁들입니다. 이 구성은 단순한 '모둠'이 아니라 맛의 층위, 온도의 대비, 텍스처의 조화가 고르게 담아 손님이 한 점씩 차례로 드시며 자연스럽게 흐름을 따라가도록 설계했습니다.

* 광어 – 흰살생선의 부드러운 절제

광어는 숙성회의 가장 기본이자, 가장 어려운 재료입니다. 단단하고 깔끔한 살결 덕분에 잘못 숙성하면 쉽게 뻣뻣해지거나 풍미가 사라지기 때문입니다. 뷰66 마네쿠에서는 1~2일간의 저온 숙성을 통해 생선의 수분을 정리하고, 자연 효소가 서서히 단백질을 분해해 살짝 풀어진 듯한 결과 미묘한 단맛을 끌어냅니다. 광어는 항상 접시의 시작에 놓입니다. 입안을 너무 자극하지 않으면서, 이후 나올 다른 회들의 풍미를 받아들일 수 있도록 준비시켜주는 부드러운 첫 문장 같은 존재입니다.

* 연어 - 풍미와 고소함의 중심

연어는 숙성회에서 풍미와 고소함의 중심을 담당합니다. 하지만 뷰66에서는 이 연어조차도 그대로 내지 않습니다. 소금물에 살짝 담가 기름기와 수분을 정리하고, 얼음물에 깨끗하게 다시 씻어 다시마(코부지메)로 숙성합니다. 이후 하루 정도 숙성해 전체적으로 깔끔하고 부드러운 맛의 흐름을 만들어냅니다. 한 점의 연어는 단맛, 감칠맛, 기름기, 부드러움, 그리고 작은 산미까지 모두 들어 있어 한 접시 숙성회의 중심축이 되는 맛입니다.

* 시메사바 - 숙성의 정수를 담은 푸른 생선

고등어는 생으로 먹기 어려운 생선입니다. 기름기가 많고, 산화 속도도 빠르며, 특유의 냄새가 쉽게 나지요. 그래서 고등어를 회로 먹기 위한 오랜 지혜가 바로 이 '시메사바'입니다. 시메사바는 생고등어를 소금에 절인 뒤, 30분에서 1시간 정도 식초 베이스 소스에 담가 표면을 익히듯 살균합니다. 그런 다음 저온 하루 정도 숙성하여 안전성과 풍미를 동시에 확보합니다. 뷰66 마네쿠의 시메사바는 비리지 않으면서도 기름기와 산미, 숙성의 풍미가 조화를 이루는 생선회 중의 명작입니다.

* 도미 – 단단한 식감 속에 숨은 감칠맛

도미는 숙성회를 구성할 때 흰살생선 중에서도 가장 품격 있는 존재감을 지닌 재료입니다. 결이 단단하고 살집이 있어 숙성하더라도 흐트러지지 않는 탄력이 특징이지요. 뷰66 마네쿠에서는 도미를 하루 이상 숙성해 단단함은 지켜면서도 결이 부드럽게 풀리도록 만듭니다. 얇은 껍질을 살려 마쓰카와[5] 방식으로 손질하되 유비키[6]나 히비키[7] 방식을 적절히 섞은 다음 껍질 부분에 칼집을 내어 씹는 순간 미세한 지방과 육질이 입안에 고르게 퍼지도록 합니다. 도미 한 점은 광어보다 좀 더 힘이 있으면서도 연어보다 훨씬 담백하며, 숙성회 플레이트 전체에 고요하고 안정적인 무게감을 더해줍니다. 도미는 조용히 접시의 중심에 앉아, 다른 생선들이 더 빛날 수 있도록 받쳐 주는 배려 깊은 중심점이 되어줍니다.

---

5 마쓰카와(まつかわ): 생선 껍질의 결을 소나무 껍질처럼 써는 손질법
6 유비키(湯引き): 끓는 물을 이용해 단백질을 응고시키고, 얼음물에 식혀 비린내를 줄이고 껍질과 살을 탱탱하게 만드는 손질법
7 히비키: 토치를 이용해 껍질만 익힌 후, 얼음물에 식혀서 써는 손질법. 정식 용어는 아님

* 육사시미 - 불이 닿지 않은 고기의 고요한 생명력

　뷰66 숙성회 플레이트는 더 깊은 숙성과 감각의 미학을 반영하기 위해 육사시미(채끝)를 구성하고 있습니다. 지역마다 다르지만, 일반적으로 육사시미는 신선한 생고기 그대로의 촉촉함을 유지하며 적당한 두께로 정갈하게 썰어내는 소고기 회입니다. 하지만 뷰66 마네쿠에서는 고기의 붉은빛이 그대로 살아 있는 채로, 홀 그레인 머스타드를 얇게 입혀 생선회의 질감과는 전혀 다른, 깊고 진한 육향의 감각을 제공합니다. 육사시미는 접시 위에서 숙성된 생선과 조화를 이루며 한 끼 식사에 생동감을 불어넣습니다.

* 새우 - 부드러움과 단맛의 절정

　새우는 뷰66 숙성회 플레이트의 유일한 갑각류입니다. 생새우 혹은 살짝 삶아낸 새우 형태로 제공되며, 한 점만으로도 식사의 흐름을 바꾸는 전환점 역할을 해냅니다. 단맛이 깊고, 육질은 쫀쫀하며, 살짝 삶아낸 새우의 은은한 따뜻함이 함께 전달됩니다. 그리하여 생선과 육사시미 사이에 놓이면 입안의 감각을 정돈하고, 다음 맛으로 이어지는 교량 같은 존재가 됩니다.

* 식용 꽃 - 맛과 미학 사이, 시선을 머무르게 하는 섬세함

　숙성회는 본래 '색'이 강렬한 음식은 아닙니다. 흰빛의 생선살, 연한 분홍, 옅은 붉은 기가 돌아 전체적으로는 차분하고 절제된 색이 대부분이지요. 그렇기에 뷰66 마네쿠에서는 이 고요한 접시의

분위기를 흐트러뜨리지 않으면서, 그 자체로 한 편의 정원을 보는 듯한 인상을 주기 위해 식용 꽃을 플레이팅의 한 요소로 사용하고 있습니다. 팬지, 쥬리안, 소국, 시소 등 계절에 따라 색감이 다르게 선택되며, 이 꽃들은 단순히 장식 이상의 역할을 합니다. 생선의 중간에 놓여 시선의 흐름을 끊지 않고 연결해주고, 차가운 회의 이미지에 자연의 따뜻함과 생동감을 덧입히며, 사진으로 남겼을 때 하나의 아름다운 장면으로 기억되게 만드는 감성적 장치이기도 합니다. 이 꽃은 먹을 수 있는 식재료이기도 하지만, 무엇보다도 셰프의 마음을 손님에게 전하는 인사와도 같습니다. "당신의 식탁에 오늘의 계절을, 오늘의 아름다움을 드립니다"라는 뜻이지요.

─• 접시 위의 흐름
─ 한 점 한 점 이어지는 이야기

뷰66 마네쿠의 숙성회는 단순히 여러 종류의 회를 섞어 내는 메뉴가 아닙니다. 셰프는 늘 "이 메뉴를 어떻게 시작해서 어떻게 마무리해야 할까?"를 자문합니다. 그래서 접시는 언제나 광어나 도미처럼 담백한 생선으로 시작해 연어와 시메사바로 풍미와 산미를 높이고, 새우와 육사시미로 식감과 온도의 변화를 주며, 마지막에는 꽃 장식으로 시선을 부드럽게 정돈해 마치 코스 요리처럼 한 접시 안에 하나의 여정을 완성합니다. 이 흐름은 그 누구보다도 식사에 집중하고 있는 '지금 이 자리에 앉아 있는 손님'을 위한 것입니다. 눈으로 한 번, 식감으로 한 번, 맛으로 한 번 즐기도록 만들었지요. 오늘 어떤 하루를 보냈든, 누군가와 함께 오셨든, 혼자 시간을 보내고 계시든 이 한 접시가 작은 위로이자 기쁨이 되기를 바라는 마음이 담겨 있습니다.

─• 환대의 마음
– 한 접시로 전하는 말 없는 이야기

사실 숙성회 한 접시에는 수많은 손길이 들어갑니다. 생선을 손질하는 일, 숙성 기간을 매일 체크하는 일, 플레이팅을 디자인하는 일, 꽃의 색을 고르고, 생선의 방향을 맞추는 일까지 그 모든 일은 단순한 '준비'가 아니라 '당신을 기다렸습니다'라는 조용한 환대입니다. 요리는 말하지 않지만, 그 안에 담긴 마음은 분명히 전달됩니다. 뷰66 마네쿠의 숙성회가 전하고 싶은 말도 그렇습니다.

"이 음식은 그냥 차려진 것이 아닙니다. 지금, 이 시간을 위해 준비된 것입니다. 오늘 수고가 많았던 당신을 위해."

셰프의 철학 : 회 한 점에 담긴 시간

─• 칼끝의 정성과 기다림의 온도

누군가는 회를 그저 '날생선을 얇게 썬 음식'이라 말합니다. 하지만 그것은 단지 겉모습만 본 정의일 뿐, 그 속에 담긴 셰프의 손길과 기다림의 시간, 그리고 재료와 대화를 나눈 끝에 탄생한 결과물을 알지 못하는 말이지요. 회 한 점을 접시에 올리기까지, 셰프는 재료의 생명과 손님의 입맛 사이를 조율하는 고요한 중재자이자 섬세한 철학자가 됩니다.

이번 장에서는 그동안 우리가 쉽게 지나쳤던 회 한 점 속에 담긴 의미와 그것을 빚어내는 셰프 한 사람의 철학과 시간에 대해 풀어보려 합니다.

─• 생선을 손질하는 시간
– 첫 순간부터 시작되는 대화

숙성회라는 음식은 생선을 손질하는 순간부터 이미 시작됩니다. 물고기를 잡아 올리는 그 순간부터 셰프와 재료 사이의 대화는 조용히 흘러가기 시작하지요. 뷰66 마네쿠의 셰프는 생선을 받아들자마자 가장 먼저 그날의 기온과 습도, 생선 아가미의 색상과 눈의 투명도를 봅니다. 이건 숫자로 계산되는 것이 아니라 오랜 경험이 기억하는 직관입니다. 눈이 흐리거나 살이 물러 있으면 숙성보다는 구이나 조림용으로 판단하고, 힘이 있고 살결이 단단하면 숙성 기간과 칼질 각도를 고려하여 숙성회로서의 방향을 정합니다. 손질은 단순한 기술이 아닙니다. 살과 뼈, 껍질 사이의 경계에서 생선이 가진 생명력의 균형을 유지한 채 사람의 손으로 그것을 다시 다듬어내는 일입니다. 한 마리 생선을 정갈하게 손질하는 일에는 셰프의 철학이 고스란히 담깁니다. 그 철학은 '잘 먹게 하겠다'는 마음 이전에 '정중하게 대하겠다'는 다짐에서 출발하지요.

—• 칼끝에서 완성되는 감정
– 썬다는 것은 느낀다는 것

칼을 들고 생선을 자르는 일은 그저 얇고 일정한 두께로 썰어내는 기술이 아닙니다.

셰프는 그 칼끝으로 생선이 지닌 감정의 층을 따라가는 행위를 합니다. 숙성이 덜 된 생선은 살이 단단하기에 칼이 너무 깊이 들어가면 질감이 망가지고, 너무 숙성된 생선은 결이 부드러워져 있어 칼이 닿는 순간 흐트러질 수 있으니 그 저항감 하나하나를 읽으며 썰어야 합니다. 칼질은 속도도 중요하지만, 멈추는 타이밍과 각도의 깊이가 훨씬 더 섬세해야 합니다. 그 감각은 오로지 매일같이 생선을 보고, 만지고, 썰어낸 사람만이 가진 손끝의 언어입니다. 뷰66의 셰프는 한 점의 회를 썰 때도 그 생선이 어느 부위인지, 결이 어디로 흐르는지, 그리고 손님이 처음 입에 넣었을 때 어떤 감각을 느끼게 될지를 상상하면서 칼을 움직입니다. 그래서 그 칼질은 단지 손질이 아니라, 조율이고 리듬이며 감정입니다.

─• 숙성의 시간
– 기다릴 줄 아는 사람의 요리

숙성회는 '지금 바로' 먹는 음식 같지만, 사실 그 속에는 '하루, 혹은 이틀 전'부터 시작된 묵묵한 준비의 시간이 녹아 있습니다. 광어나 도미 같은 흰살생선은 잡은 직후보다도 하루 정도 저온 숙성을 하면 살결이 조금씩 풀어지며 입안에서 퍼지는 감칠맛이 더욱 진하게 깊어집니다. 하지만 이 숙성의 타이밍은 절대 공식처럼 적용할 수 있는 게 아닙니다. 겨울에는 수분이 더 천천히 빠지고, 여름에는 아주 미세한 온도 차이에도 육질이 달라지며, 생선의 개체차에 따라 셰프는 숙성 시간을 매일, 매 순간 조율해야 하지요. 이것은 기다림에 대한 훈련이자, 신뢰의 감각입니다. 숙성은 눈에 보이지 않지만, 셰프는 손끝과 코끝, 눈빛으로 그 시간의 흐름을 읽어야 합니다. 그리고 그 기다림이 끝났을 때, 셰프는 그 생선의 '가장 맛있는 순간'을 찾아 조용히 손님에게 내어놓습니다. 그 한 점의 회는 지금 막 썰어낸 것이지만, 실은 어제부터 이어진 시간의 완성입니다.

—• 접시에 담는 마음
– 배열은 정서의 질서입니다

　숙성회가 접시에 오르는 순간에도 셰프의 역할은 끝난 게 아닙니다. 그다음은 '시각'을 '감각'이 되도록 구성하는 일, 곧 배열의 미학이 남았습니다. 뷰66의 회 접시는 그저 예쁘게 놓는 데서 그치지 않습니다. 광어나 도미 같은 담백한 생선은 접시의 왼쪽에서 시작합니다. 입안에 먼저 닿았을 때 자극을 주지 않으면서 감각을 여는 역할을 하기 때문입니다. 연어나 시메사바 같은 기름진 생선은 중앙 혹은 후반부, 입안에 남는 여운이 길고 앞서 먹은 회와의 조화를 이끌어줍니다. 육사시미나 새우는 전환점이자 마무리, 생선회와는 다른 온도와 식감으로 전체 플레이트에 균형과 리듬을 줍니다. 그리고 그 사이사이에는 차조기잎이나 식용 꽃, 레몬 슬라이스, 초생강과 와사비 같은 곁들임이 감정의 쉼표처럼 정돈된 배치를 완성합니다. 셰프는 이 배열을 통해 한 접시의 흐름을 구성하고, 손님이 느낄 감정의 순서를 준비합니다. 그건 단순히 요리를 차리는 게 아니라, 작은 무대를 연출하는 연극처럼 '지금 이 순간의 기분'을 설계하는 일입니다.

─• 손님에게 전하는 말 없는 철학

– 회는 '존중'입니다

셰프는 회 한 점을 썰면서도 말이 없습니다. 하지만 그 손끝에는 분명하게 전하고자 하는 말이 담겨 있습니다.

"당신을 위해 준비했습니다."

"이 생선의 오늘을, 가장 좋은 방식으로 보여드리고 싶었습니다."

"기대하지 않으셔도 좋습니다. 대신 정성만큼은 담았습니다."

그 마음은 소리 내어 전할 수 없기에, 셰프는 칼끝과 손의 움직임, 접시에 올리는 순서, 회와 함께 나가는 소스 온도와 양, 그리고 눈에 보이지 않는 배려의 방식으로 대신 전합니다. 그래서 회는 어떤 화려한 음식보다도 사람의 마음이 많이 담긴 요리입니다. 말보다 느리고, 색보다 수수하고, 모양보다 단순하지만, 정성과 존중이라는 본질이 가장 선명하게 드러나는 음식이지요.

─• 회를 만드는 셰프

– 음식을 넘어 존재를 다듬는 사람

회 한 점을 제대로 썰기 위해 셰프는 하루에도 수십 번씩 칼을 갈고, 수백 번의 칼질을 연습합니다. 하지만 그 반복은 단지 기술을 익히기 위함이 아니라 자신의 마음을 가다듬는 과정이기도 합니다. 오늘 생선의 상태가 좋지 않다면 손님에게 내어드리지 않겠다는 엄격함, 숙성이 충분하지 않았다면 하루 더 기다릴 수 있는 인내, 손님의 미묘한 표정에서 맛의 방향을 바꾸는 관찰력, 무엇보다도 '이 음식에 내 이름을 건다'라는 책임감. 이 모두를 품고 매일 칼을 쥐는 건 단순한 직업이 아니라 삶을 요리하는 태도라고 생각합니다. 그래서 저희 뷰66 셰프는 음식 이상의 메시지를 전하고자 하며, 손님께서 음식을 받고 환하게 웃거나 사진을 찍으며 조용히 뱉는 "음, 맛있다"라는 칭찬 한마디에 뿌듯함과 안도, 감사함을 느낍니다.

─● 회라는 음식이 전하는 존재의 의미

회는 불에 닿지 않습니다. 조미료도 사용하지 않습니다. 그 어떤 기술도 겉으로 드러나지 않습니다. 그렇기에 오히려 그 속에 담긴 '본질'이 더 선명하게 보입니다. '덜어내는 기술', '기다리는 마음', '살피는 손끝', '비워내는 용기' 등 회는 우리에게 이렇게 말하고 있습니다.

"가장 소중한 것은 가장 조용한 방식으로 전해진다."

그 한 점 앞에 마주 앉은 손님 또한 말하지 않아도 알고 있습니다. 이것이 회라는 음식이 가진 존재의 깊이이며, 셰프라는 사람의 철학이 가장 빛나는 순간이기 때문입니다.

6장
커피 한 잔에 담긴
철학

뷰66 바리스타의 이야기

—• 커피를 내리는 사람이 아닌, 마음을 따르는 사람

우리는 하루를 시작하며 종종 이렇게 말합니다.

"아, 커피 한잔이 간절해."

하지만 그 한잔은 정말 커피일까요? 아니면, 누군가가 정성껏 내려준 온기일까요?

이번 장에서는 뷰66에서 일하고 있는 바리스타 한 사람 한 사람을 단순히 '커피를 만드는 직업인'이 아닌, '마음을 읽고 감정을 건네는 존재'로서 따뜻하게 조명해보고자 합니다.

—• 바리스타의 하루 – 문을 여는 마음

뷰66의 바리스타들은 매일 아침, 매장 안으로 햇살이 스미기 전부터 가장 먼저 커피 추출기 앞에 섭니다. 그들은 가게 문을 열기 전에 온도와 물줄기, 오늘의 원두 상태를 확인합니다. 전날보다 습도가 달라졌는지, 오늘 원두가 어제보다 더 무겁게 느껴지는지, 에스프레소 추출 시 크레마의 색이 어떤지, 입안에 남는 여운이 얼마나 부드럽고 균형 있는지 등을 동시에 꼼꼼히 확인합니다. 이 시간은 커피를 준비하는 시간이면서 바리스타 본인의 리듬을 찾는 시간이기도 합니다. 단순히 커피를 내리는 손이 아닌, 마음을 여는 손이 되기 위해서지요.

이미지 출처: 뷰66 양주스퀘어

─• 커피를 대하는 태도
– 재료가 아니라 관계로

뷰66 바리스타들에게 커피는 단지 로스팅된 원두가 아닙니다. 그들은 커피를 '한 잔의 이야기'로 대합니다.

동티모르 AAA 원두는 "오늘도 당신에게 부드럽고 달콤한 하루를 줄게요."

에티오피아 예가체프는 "기분 좋은 산미로 당신을 깨워드릴게요."

과테말라 SHB는 "묵직한 위로와 깊은 대화를 준비했어요."

라고 말하는 것처럼요. 이런 태도는 기술과 지식을 넘어서 커피 한 잔을 통해 사람의 마음을 읽고, 위로하고, 안아주고 싶은 마음에서 비롯됩니다. 바리스타는 그 마음을 담기 위해 기계 앞에서 조율하고, 사람 앞에서 미소 짓습니다. 그리고 그 한 잔이 손님의 손에 전달되는 순간까지 끝까지 집중을 놓지 않습니다.

─• 기술을 넘는 감각
– 손끝에서 완성되는 섬세함

물론 바리스타에게는 추출 시간과 분쇄도, 원두 보관, 스티밍 온도 같은 기술적인 부분도 매우 중요합니다. 하지만 뷰66의 바리스타들은 이 기술들을 도구로 삼아 그 너머에 있는 '감정 설계'를 완성하려 합니

다. 예를 들어, 같은 브라질 원두를 사용
하더라도 손님에 따라 조금 더 길게 추출
하여 깊은 단맛을 끌어내고 어떤 날에는
스팀 우유의 질감을 더 벨벳처럼 부드럽
게 맞추며, 또 어떤 경우엔 잔의 온도를
미리 데워 커피가 식지 않도록 배려하는
감각이 숨어 있습니다. 이는 누가 시켜서
하는 게 아닙니다. 커피를 좋아하고, 사

이미지 출처: 뷰66 양주스퀘어

람을 좋아하고, 무언가를 잘해주고 싶은 진심이 있기에 가능한 태도입
니다.

—• 손님과의 교감

– 잔 너머의 대화를 기억합니다

커피는 말이 없지만, 바리스타는 그 잔 너머로 손님의 하루를 조용히
읽고 있습니다. 뷰66의 바리스타들은 손님의 목소리 톤, 걸음걸이, 눈
빛, 심지어 주문하는 순간의 속도에서도 그분의 하루가 어떤지 느끼려
노력합니다.

"아이스 아메리카노 진하게요."

그 말 한마디 속에 지쳐 있는 하루가 느껴지면, 바리스타는 조금 더
천천히, 무게감 있는 추출을 선택합니다.

"오늘도 라떼요. 우유는 따뜻하게 부탁드릴게요."

그 익숙한 목소리에는 늘 같은 위로가 필요하다는 신호가 담겨 있습니다. 그렇게 바리스타는 말없이 손님의 감정을 알아차리고, 그 한 잔에 담아 조용히 건넵니다. 손님은 모르실 수도 있습니다. 하지만 바리스타는 알고 있죠. 손님을 위한 특별한 커피 한 잔이 오늘도 잠시 숨을 고르게 하고 작은 힘이 되리라 믿습니다.

─• 바리스타가 느끼는 순간
 – 가장 조용한 감동

"맛있게 드세요."

이 말 한마디에 손님이 미소를 지으면, 바리스타의 하루는 그 순간만으로도 충분하다고 느낍니다.

처음 오신 손님이 커피를 한 모금 마시고 "어? 이 집 커피 맛있네요" 하실 때, 단골손님이 "오늘도 부탁해요"라고 말할 때, 그 믿음이 쌓여 온 시간에 감사하며 속으로 몰래 기뻐합니다. 이런 순간들은 바리스타에게 단순한 서비스가 아니라 사람과 사람 사이에 다정한 신뢰가 쌓이는 장면이 됩니다.

─• 뷰66이 바라는 바리스타의 이미지

– 기술보다 따뜻함이 먼저입니다

뷰66이 생각하는 바리스타는 가장 좋은 커피를 내리는 사람이기보다는 가장 따뜻한 마음으로 커피를 건네는 사람입니다. 그래서 뷰66은 실력을 연마하는 만큼 사람을 대하는 태도를 가꾸고, 커피의 향만큼 공간에 퍼지는 미소를 중요하게 여기며, 손님의 취향을 기억하는 정성과 진심 어린 인사를 잊지 않는 마음을 바리스타의 가장 큰 자질이라 여깁니다. 커피는 익힐 수 있는 기술이지만, 사람을 진심으로 대하는 마음은 연습이 아닌 진심에서 나오기 때문입니다.

─• 바리스타 자신을 치유하는 커피의 시간

많은 분이 바리스타는 '누군가를 위해 커피를 내리는 사람'이라고 생각하시지만, 뷰66의 바리스타들에게는 그보다 더 중요한 진실이 하나 있습니다. 그건 바로 바리스타도 커피를 통해 자신을 치유하고 있다는 사실입니다. 매일 아침, 아무도 없는 매장에서 커피를 추출하며 들리는 첫 번째 커피 추출기 소리. 그 소리를 듣고 있노라면 전날의 피로도, 마음속 무게도 조금은 내려놓게 된다고 합니다. 손님이 없는 순간, 잠깐 혼자서 커피를 내리고 따뜻한 한 잔을 마시는 그 시간은 바리스타 자신을 위한 위로의 시간이지요. 뷰66의 바리스타들은 이렇게 말합니다.

"제가 커피를 준비하는 시간이기도 하지만, 사실은 커피가 저를 다시
준비시켜줘요."

—• 커피는 결국, 사람을 향한 이야기입니다

커피라는 음료는 단 한 방울도 말하지 않지만, 그 속에는 수많은 사
람의 손길과 온기가 담겨 있습니다. 먼 나라 농장의 농부가 씨앗을 심
고 열매를 거두며 햇빛을 기다립니다. 로스터는 원두를 정성껏 볶아 개
성을 최대한 끌어내고 마지막으로 바리스타가 '지금 이 자리'라는 시간
과 마음을 담아 우리 앞에 커피 한 잔을 내려줍니다. 뷰66에서는 이
과정을 단순한 상품의 흐름이 아니라 사람과 사람 사이의 따뜻한 연결
고리로 생각합니다. 그렇기에 커피 한 잔을 만들기까지의 모든 순간에
존중과 배려 그리고 '커피가 누군가의 하루를 바꿀 수도 있다'는 책임을
담습니다.

—• 커피를 통해 전하고 싶은 철학

뷰66 바리스타와 가게를 방문하는 손님 모두는 각자의 하루를 살아
내고 있는 사람들입니다. 가끔은 지치고, 벅차고, 혼자가 되고 싶은 날
들이 이어집니다. 누군가의 따뜻한 위로가 그리워지죠. 그럴 때 커피는

조용히 곁에 머무는 존재가 됩니다. 뷰 66은 그걸 알고 있습니다. 그래서 바리스 타 한 사람 한 사람에게 이렇게 이야기합 니다.

이미지 출처: 뷰66 양주스퀘어

"커피를 잘 내리는 것도 중요하지만, 그보다 더 중요한 건 당신이 이 커피에 누구를 담고 있는가예요."

부드럽고, 다정하고, 고요하지만, 흔들 림이 없는 굳건한 마음의 조율자. 이것이 뷰66이 바라는 바리스타의 이미지입니다.

─• 한 잔으로 충분한 온기

우리는 이따금 커피 한 잔으로 다시 하루를 살아갈 힘을 얻곤 합니 다. 뷰66의 바리스타들은 그 한 잔이 누군가에겐 따뜻한 쉼표가 되고, 누군가에겐 위로의 문장이 되며, 또 누군가에겐 오래 남을 기억이 되기 를 소망하며 오늘도 커피를 내립니다. 그들이 만드는 건 단순히 음료가 아니라 사람의 온기와 정서, 그리고 하루의 흐름입니다. 결국, 커피는 우리를 조금 더 부드럽게 만드는 시간이 아닐까요? 뷰66의 바리스타들 은 그 시간 속에서 늘 조용히, 묵묵히, 진심으로 그 길을 함께 걸어가 고 있습니다.

테이블 위 커피 한 잔이 주는 위로

—• 아무 말 없이 곁을 지키는 커피라는 친구

우리는 누군가와 긴 대화를 나누지 않아도, 잠시 아무 말 없이 앉아 있기만 해도 위로가 되는 순간이 있습니다. 그 자리에 조용히 함께 놓여 있는 것이 커피 한 잔이라면, 그 위로는 말보다 더 오래, 더 깊이, 마음속에 머무르게 되지요.

이번 장에서는 테이블 위에 놓인 커피 한 잔이 어떻게 사람의 감정을 어루만지고, 삶의 흐름을 부드럽게 감싸주는지를 천천히 풀어보겠습니다.

—• 삶의 틈 사이, 커피 한 잔이라는 숨구멍

살다 보면 우리는 참 많은 일을 겪습니다. 기쁜 날도 있고, 슬픈 날도 있으며, 마음이 뒤집히는 하루도 있고, 그저 덤덤한 시간만 흐르는 날도 있지요. 그 모든 순간 사이, 테이블 위에 가만히 놓여 있는 커피 한 잔은 언제나 말없이, 무게 없이 그러나 진심으로 우리 곁을 지켜주는 존재입니다. 아침 출근길에 잠에서 덜 깬 몸으로 테이크아웃 컵을 쥐고 있으면 '그래, 오늘도 어떻게든 가보자'는 작은 결심이 생기고, 퇴근길에 어두운 카페 창가에 앉아 따뜻한 라떼를 마시고 있으면 '그래도 하루는 잘 살아냈다'는 안도감이 피어납니다. 이렇게 커피는 우리의 일상 틈 사이를 스며들며 삶이라는 고요한 장면에 감정을 더해주는 조용한 내레이션이 됩니다.

─• 혼자 있는 시간 속, 커피의 다정함

혼자일 때 마시는 커피는 더욱 특별합니다. 그건 단순한 음료가 아니라, 스스로와 마주 앉는 작은 의식이기 때문입니다. 혼자 카페 창밖을 바라보며 커피를 마시는 시간에는 말하지 않아도 괜찮고, 무언가를 하

이미지 출처: 뷰66 양주스퀘어

지 않아도 용서가 됩니다. 손에 쥔 잔의 따뜻함, 코끝에 닿는 커피 향, 그 속에서 우리는 자신을 돌아보고, 다독이고, 위로하게 됩니다.

"오늘의 나, 괜찮아."

이런 말을 마음속으로 건넬 수 있게 해주는 기회, 그게 커피가 가진 위로의 언어입니다. 때로는 너무 지쳐서 무언가를 생각하기조차 힘든 날이 있습니다. 그럴 땐 커피 한 잔이 생각하지 않아도 되는 시간을 만들어줍니다. 그저 향을 맡고, 천천히 마시고, 가만히 앉아 있기만 해도 되는 시간. 그 시간이 그 어떤 말보다도 더 단단하게 나를 지켜주는 순간이 되지요.

─• 함께 마시는 커피
– 말보다 따뜻한 마음의 온도

커피는 혼자 마실 때도 좋지만, 누군가와 함께 마시는 커피는 관계를 부드럽게 연결해주는 따뜻한 매개체가 되어줍니다. 오랜만에 만난 친구와의 커피 한 잔. "잘 지냈어?"보다 먼저 "뭐 마실래?"라고 묻는 순간, 이미 우리는 그 사람을 맞이할 준비가 됐다는 신호를 보내고 있습니다. 커피는 대화의 시작을 도와주는 가장 자연스러운 도구입니다. 때론 침묵이 흘러도 괜찮고, 말을 잇지 않아도 마음은 계속 이어집니다. 사랑하는 사람과의 첫 데이트, 조금은 어색한 둘 사이에 놓인 커피잔은 서로의 긴장을 부드럽게 풀어주고, 그 향과 온기가 말하지 않아도 교감할 수 있다는 감각을 열어줍니다.

─• 계절에 따라 바뀌는 커피의 위로

커피는 계절의 기운을 아주 잘 알고 있습니다. 봄에는 은은한 꽃 향이 감도는 핸드드립이 어울리고, 여름에는 시원한 아이스 라떼가 더위에 지친 마음을 맑게 해줍니다. 가을이 오면 짙은 브루잉 커피가 어디론가 떠나고 싶은 감정을 자극하고, 겨울이 되면 라떼 거품 한 겹이 우리의 마음을 감싸주는 작은 담요가 되지요. 그렇게 커피는 계절에 따라 조금씩 다른 방식으로 우리의 마음에 말을 걸어옵니다.

"지금 괜찮니?"

"오늘은 네가 좀 편안했으면 좋겠어."

"잠깐이라도 쉬어도 돼."

이런 말들을 커피 한 잔은 묵묵하게 건네고 있을지도 모르겠습니다.

─• 침묵 속 공감

– 커피가 전하는 말 없는 위로

커피를 마시다 보면 말이 필요 없는 순간이 있습니다. 그저 한 모금 마시고, 눈을 감아 향을 느끼고, 들려오는 음악이나 주변의 공기 소리를 듣고 있으면 마음 한구석이 조용히 정돈되는 느낌이 듭니다. 이건 단지 커피의 향이나 맛 때문이 아니라, 그 잔에 담긴 시간과 공간, 자신을 대하는 마음 때문입니다. 그래서 뷰66의 커피도, 그저 '맛있는 커피'가 되는 것보다 당신의 마음에 머물고 싶은 커피'가 되기를 바라지요. 말하지 않아도 서로의 마음을 알아차리는 순간, 커피는 세상에서 가장 조용하고 아름다운 언어가 됩니다.

—• 공간 속의 커피
– 앉아 있는 것만으로도 위로가 되는 자리

뷰66에서 커피를 마시는 시간은 단지 음료를 마시는 시간이 아니라, 하루를 잠시 멈춰 세우는 시간입니다. 햇살이 스며드는 창가, 나무로 만든 테이블, 잔잔하게 흐르는 음악, 그 위에 조용히 놓인 한 잔의 커피. 그 모든 풍경은 "지금 이대로도 괜찮아요"라고 조용히 속삭이는 듯한 힘을 갖고 있

이미지 출처: 뷰66 양주스퀘어

습니다. 바쁜 하루 속에 잠깐 짬을 내어 앉은 자리, 누구도 시선을 주지 않고, 아무도 무엇을 요구하지 않는 그 공간 안에서 커피 한 잔은

마치 나만을 위한 작은 방처럼 느껴지곤 합니다. 그곳에서는 마음을 내려놓아도 되고, 눈을 감아도 괜찮으며, 어떤 감정이든 그대로 있어도 받아들여지는 느낌이 들지요. 이 공간 속의 커피는 단순한 음료가 아니라, 그 사람의 오늘을 그대로 안아주는 조용한 품이 되어줍니다.

―• 커피가 전하는 '쉼'

– 아무것도 하지 않는 용기

우리는 너무 자주 "무언가를 해야 한다"는 부담에 쫓기며 살아갑니다. 하지만 커피를 마시는 시간은 그 모든 압박에서 잠시 벗어날 수 있는 시간이 되어줍니다. 한 손에 커피를 들고, 다른 손으로는 아무것도 하지 않을 때 비로소 우리의 감정은 다시 들립니다. 내가 얼마나 지쳐 있었는지, 어떤 위로가 필요한지, 무엇을 잃고 또 무엇을 바라며 살아가고 있는지. 뷰66의 커피는 그런 감정들을 억누르거나 밀어내지 않습니다. 그저 조용히 곁에서 자신의 감정을 받아들일 용기를 심어줍니다. 그 용기가 쌓일 때 비로소 우리는 다시 일어설 수 있게 되지요.

―• 커피 한 잔이 건네는 조용한 다정함

가끔은 누군가의 말보다 따뜻한 커피 한 잔이 더 큰 위로가 되기도 합니다. 그 한 잔 속에는 "천천히 가도 괜찮아요", "지금 여기 있는 것만으로도 충분해요", "괜찮지 않아도 괜찮아요" 같은 말들이 담겨 있습니다. 그건 커피가 말없이 건네는 '세상에서 가장 조용한 위로'입니다. 뷰 66에서의 커피 한 잔은 그 조용한 다정함으로 수많은 사람의 마음에 작은 불빛이 되어줍니다. 그 불빛은 잠시 식었다가도 언젠가 다시 따뜻해질 거라 믿게 해주는 희망의 향기이기도 하지요.

공간이 주는 향, 소리, 감정의 미학

—• 사람은 결국 공간에서 머무는 존재입니다

한 잔의 커피가 완성되기까지는 그 속에 담기는 원두와 물, 추출 시간만으로는 도저히 설명할 수 없는 또 하나의 요소가 있습니다. 바로 그 커피를 마시는 공간입니다. 우리는 흔히 커피를 '맛'으로만 기억하지만, 사실은 그 커피가 놓여 있던 테이블의 온도, 주변에서 흐르던 음악, 커피가 코끝에 닿기 전, 공간 전체에 퍼지던 고소한 향기까지 그 모든 것들과 함께 커피 한 잔을 기억하게 합니다.

이번 장에서는 커피를 마시는 공간이 어떻게 우리 마음에 영향을 주고, 감정의 흐름을 움직이며, 삶의 어느 조각으로 남게 되는지를 섬세한 시선으로 풀어보겠습니다.

―• 향기의 기억

– 코끝으로 먼저 들어오는 위로

카페에 들어서는 순간 가장 먼저 우리를 맞이하는 것은 눈에 보이지 않는 존재, '향기'입니다. 그 향기는 단순한 냄새가 아닙니다. 커피를 내리는 기계의 김, 방금 구운 스콘의 고소한 향, 테이블 위에서 피어오르는 라떼의 따뜻한 증기, 그리고 우드톤 인테리어에서 은은히 번지는 나무 향까지 그 모든 것들이 한데 어우러져 공간이라는 기억을 만듭니다. 우리는 사실 많은 순간을 '향기'로 기억합니다. 첫 출근 날 마셨던 쌉쌀한 아메리카노의 냄새, 비 오는 오후 친구와 함께 나누었던 시나몬 라떼의 따뜻한 향, 사랑하는 사람과 함께 앉았던 창가에서 느껴졌던 은은한 바닐라 향. 그 향기는 시간과 감정을 붙잡아 기억 속에 작고 단단한 감정의 방울로 남게 됩니다. 뷰66의 공간은 단지 커피의 향을 담는 곳이 아닙니다. 그날의 기분, 사람의 존재, 나 자신을 기억하게 해주는 향기의 집이 되어주고 있습니다.

―• 공간의 소리

– 마음을 정리하는 배경음악

향기 다음으로 마음에 조용히 스며드는 건 소리입니다. 잔잔히 흘러나오는 음악, 추출기가 내는 일정한 리듬, 바리스타가 잔을 올릴 때의 부드러운 소리, 멀리서 들려오는 사람들의 웃음과 낮은 대화의 파동까지. 평소엔 인식하지 못하지만, 이 모든 소리가 어우러져 공간의 분위기를 만드는 배경음악이 되어줍니다. 뷰66은 이 소리에 매우 섬세히 신경 쓰고 있습니다. 계절에 따라 잔잔한 재즈나 클래식, 비 오는 날엔 조금 더 감성적인 음악을 선곡하죠. 이러한 시간대별 음악 구성은 손님의 감정에 다가가는 배려입니다. 사람의 마음은 기계 소리보다 사람의 온기가 배어 있는 소리에 더 쉽게 반응합니다. 그래서 뷰66에서는 소음을 줄이되, 완벽한 침묵은 만들지 않습니다. 그 적당한 울림이 우리의 마음속 복잡한 생각들을 정리하고, 내면의 속도를 조절할 수 있도록 돕기 때문입니다.

─• 빛과 그림자의 미학
– 시간에 따라 감정을 그려내는 조명

이미지 출처: 뷰66 양주스퀘어

공간의 빛은 단순히 밝기의 문제를 넘어 사람의 기분과 몰입을 조절하는 도구가 됩니다. 뷰66은 하루의 시간 흐름에 따라 빛이 공간을 어떻게 바꾸는지 매우 세심하게 보고 있습니다. 오전에는 자연광이 잘 드는 방향으로 창문을 열어 햇살이 커피잔과 테이블 위에 부드럽게 흐르도록 하고, 오후엔 약간 더 부드러운 톤으로 커튼을 걸어 햇살이 사람에게 닿기보다는 공간 전체에 퍼지게 연출합니다. 해가 기울기 시작하는 늦은 오후부터는 조명을 은은한 노란색으로 바꾸며, 분위기를 고요하고 따뜻한 색조로 전환합니다. 이런 빛의 설계는 단지 인테리어 장치가 아니라, 손님의 감정선과 눈의 피로도까지 고려한 정서적 배려입니다. 그래서 뷰66의 오후는 눈부시지 않지만, 사진이 은은하게 잘 나오고, 커피잔을 바라볼 때마다 영화 속 한 장면에 들어온 듯한 느낌을 주지요.

─• 공간의 동선
─ 머무는 흐름을 설계하다

좋은 공간은 어디에 앉아도 불편하지 않아야 하고, 무엇보다도 '자연스럽게 머물 수 있는 흐름'을 만들어야 합니다. 뷰66은 처음 입장하는 순간부터 시선이 어디로 흐르고, 손이 어디에 머물고, 사람과 사람이 어떻게 지나가고, 소리가 어떻게 번지는지를 세심하게 설계합니다.

입구를 지나 왼편을 향하게 배치한 카운터는 손님이 긴장하지 않고 바리스타와 자연스럽게 눈을 맞추게 하며, 주문을 마친 뒤 이어지는 좌석의 동선은 소란스럽지 않게 각자의 영역을 가볍게 분리하는 심리적 거리감을 제공합니다. 좌석마다 다른 크기의 테이블과 의자는 혼자 오는 손님도, 마주 앉은 연인도, 함께 모인 친구들도 각자의 대화를 편안히 나눌 수 있도록 배려했습니다. 이런 공간의 구성이 사람의 감정을 안정시키고, 그 속에서 커피는 더욱 깊이 스며들도록 도와줍니다.

—• 기억에 남는 공간
- 감각을 저장하는 심리적 풍경

사람은 장소를 머리로 기억하지 않습니다. 감각과 감정으로 기억합니다. 그래서 카페의 냄새가 문득 학생 시절의 공부방을 떠올리게 하고, 조명의 색이 예전에 좋아했던 사람의 웃음을 생각나게 하며, 잔의 무게가 추운 날 친구와 나누었던 따뜻한 커피 한 잔의 촉감을 되살립니다. 공간은 기억의 장소이자, 감정이 처음으로 겹치는 곳입니다. 뷰66은 이런 감정을 위해 단순히 예쁘거나 멋진 공간이 되려 하지 않습니다. 대신 혼자 와도 편안하게 머물 수 있고, 동행이 있다면 그 사람에게 집중할 수 있으며, 말없이 앉아 있기만 해도 괜찮은, 그런 정서적 안정감이 먼저 오는 공간이 되고자 합니다.

—• 향, 소리, 빛, 온기
- 감정을 움직이는 네 가지 요소

뷰66이라는 공간을 구성하는 감정적 요소는 크게 네 가지입니다.

° 향기

커피가 추출되는 동안의 향

베이커리 오븐에서 퍼지는 빵 냄새

나무 가구에서 나는 은은한 피톤치드 향

° 소리

가만히 흐르는 음악

커피잔이 테이블에 놓이는 달그락 소리

주변 테이블의 조곤조곤한 목소리와 부드러운 웃음

° 빛

창으로 스며드는 자연광의 방향

시간대에 맞춘 조명의 색온도

눈에 부담을 주지 않는 적절한 조도

° 온기

손에 쥐었을 때 전해지는 커피잔의 따뜻함

의자와 테이블의 감촉

직원들의 시선, 인사, 미소에서 전해지는 따뜻함

이 네 가지가 어우러질 때, 커피 한 잔은 더 이상 '맛있는 음료'가 아닌 '기억이 되는 감정'이 됩니다.

─• 뷰66의 철학

– 커피 그 이상을, 공간의 깊이로

사람은 공간에 머무는 존재입니다. 커피도 공간과 감정을 빼고는 완성되지 않지요. 그래서 우리는 커피 한 잔을 대할 때마다 그 잔이 놓일 자리부터 그 자리에 앉은 손님의 하루도 그려봅니다.

'오늘 어떤 이유로 오셨을까?', '그냥 잠시 쉬러 오셨나?', '누군가를 기다리고 계신 걸까?', '아니면 그냥 혼자가 되고 싶으셨던 걸까?'

그 상상은 바리스타의 눈빛이 되고, 테이블 위 잔에 담기는 온도가 되고, 조금 더 정성스러운 플레이팅이 되어 결국은 감정을 전하는 하나의 방식이 되지요.

─• 공간이 주는 위로는 조용하지만 오래 남습니다

사람은 결국 '어디에 있었는가'보다 그곳에서 '어떤 기분을 느꼈는가'로 하루를 기억합니다. 뷰66에서 마주한 향기, 조용한 음악, 진한 커피의 여운, 그리고 마음 한편이 따뜻해졌던 기억이 하나의 문장처럼 남아 '오늘 괜찮았어'라는 생각을 품게 해줍니다. 이 위로는 누구도 강요하지 않는, 조용히 오래 머무는 감정입니다. 그 위로를 드리기 위해 오늘도 뷰66은 향과 소리, 빛과 온기를 조율하며 한 잔의 커피를 완성하고 있습니다.

사케의 역사 그리고 현재

인류와 술의 시작

─•발효된 곡물과 함께 시작된 인간의 기억

어쩌면 인간은 술을 마시기 위해 농사를 시작했는지도 모르겠습니다. 얼핏 농담처럼 들리지만, 고고학자와 인류학자는 인류가 정착해 곡물을 재배하기 시작한 이유 중 하나로 '발효', 즉 술을 만들려는 목적이 있었을 가능성을 진지하게 이야기합니다. 술은 단순히 취하기 위한 도구가 아니었습니다. 그보다 훨씬 오래전부터 의식과 공동체, 치유와 기억의 도구로서 인류의 역사와 함께 걸어왔습니다.

이번 장에서는 '사케'라는 일본 술이 만들어지기까지의 긴 여정 속에서 인류가 술과 처음 마주한 순간들을 먼저 살펴보며, 사케라는 존재가 어떤 흐름 위에 자리하고 있는지를 인문적 시선으로 풀어보겠습니다.

─• 발효의 시작

– 곡물과 침묵, 그리고 기다림

인류가 농사를 시작한 시점은 지금으로부터 약 1만 년 전, 중동의 티그리스강, 유프라테스강 유역과 중국 황허강, 양쯔강 근처의 평야 지대에서 비롯되었다고 알려져 있습니다. 한편 술의 역사도 저장해 둔 곡식이 우연히 발효하면서 시작되었습니다. 사람들은 발효된 곡물에서 특유의 단맛과 향을 발견하고, 몸이 따뜻해지며 기분이 달라지는 등 신비한 경험을 하게 됩니다. 이는 '좋은 변화'로 받아들여졌고, 곧 인류의 감각과 손길을 통해 기술로 정제되기 시작했지요.

특히 곡물을 씹어서 발효시킨다는 개념은 전 세계 여러 고대 문명에서 비슷하게 나타납니다. 아시아에는 입으로 곡물을 씹어 침의 효소로 당화를 유도하는 '미인주'가 있었고, 남아메리카의 잉카 문명에도 마을 여성들이 옥수수를 씹어 침으로 발효시킨 '치차(Chicha)'라는 술이 전해집니다. 이러한 방식은 단지 물질적 발효를 넘어 '사람의 몸과 곡물이 합쳐져 새로운 생명을 빚어내는 과정'으로 여겨졌기에 술은 초창기부터 신성하고 경건한 음료로 받아들여졌습니다.

─• 고대 문명과 술

‑ 곡물보다 먼저 기록된 감정의 용기

문명이 발전하며 사람들은 술을 더 정제된 방식으로 만들게 되었습니다. 그리고 곧 종교, 정치, 공동체의 상징으로 자리를 잡게 되지요.

수메르 문명에서는 빵과 맥주가 신에게 바치는 가장 중요한 제물이었고, 고대 이집트에서는 파라오의 무덤에 맥주를 함께 묻어 저승에서도 술을 마실 수 있도록 했습니다. 이 시기 사람들은 술을 단순히 취하기 위한 수단이 아니라 삶과 죽음을 이어주는 도구, 신과 사람을 연결하는 매개체로 여겼습니다. 술을 마신다는 것은 "지금 이 자리에 우리는 살아 있다"는 것을 확인하는 행위였고, 모닥불 앞에서 잔을 나누며 기쁨과 슬픔, 추억과 약속을 함께 나누는 인간다운 감정의 공유이기도 했습니다. 그렇게 술은 한 사람의 것이 아니라, 모두가 함께 나누어야만 완성되는 '관계의 상징'이 되었지요.

─• 동아시아에서의 술

‑ 뿌리 깊은 발효의 전통

동아시아 지역에서도 술은 아주 오래전부터 삶과 의례, 관계의 중심이 되어 왔습니다.

˚ 고대 중국 – 술은 하늘과 땅을 잇는 도구

중국에서는 기원전 2천 년 전, 은(殷)나라 시기부터 이미 복잡한 발효 기술을 이용해 술을 빚었다는 흔적이 있습니다. 특히 '주(酒)'라는 한자가 등장한 이후로는 술이 제사, 왕권, 가족 제의에 반드시 등장하며 신과 인간, 죽은 자와 산 자를 이어주는 신성한 매개로 기능하였지요. 당시 술은 곡물과 누룩, 물과 시간, 그리고 정성이라는 무형의 요소로 빚어졌습니다. 그중에서 '황주'라는 이름의 누룩 술이 발달했고, 이는 이후 일본의 사케 문화에 직접적인 영향을 주었습니다.

중국 술 문화의 가장 큰 특징은 '술을 나눔으로써 관계를 새로 쓴다'는 정신이었습니다. 술잔을 주고받는다는 행위는 단순한 음복이 아니라, 신뢰와 충성, 존중과 친밀의 표시였습니다.

˚ 고대 한국 – 흙과 바람, 사람의 숨으로 빚은 술

한반도에서도 술은 오랜 시간 공동체의 감정과 정서를 잇는 중심에 있었습니다. 초기에는 입으로 곡물을 씹어 만드는 미인주가 있었고, 이후 메주를 이용한 자연 발효 누룩이 등장하며 탁주, 약주, 청주의 기반이 다져졌습니다. 조선 시대 기록을 보면 집집마다 전통주를 담갔으며 그 과정은 단순히 '술을 빚는 일'이 아니라 한 해 농사의 마무리이자 가족의 기원을 담는 의식이었습니다.

한국 술 문화는 '술은 정(情)으로 나눈다'는 철학을 중심에 둡니다. 힘든 하루를 마친 후 한 잔, 귀한 손님에게 대접하는 한 잔, 떠나가는 사람을 배웅하는 한 잔. 그 모든 술은 말로는 다 전할 수 없는 감정을 대신하는 행위였습니다.

˚고대 일본 – 정제된 물과 정성 그리고 마음

일본에서는 술을 '사케(酒)'라고 부르며, 그 뿌리는 중국과 한국의 발효 문화와 밀접하지만, 오랜 시간 일본만의 정제된 미학을 독립적으로 발전시켜 왔습니다. 쌀과 물 그리고 '코지(누룩)'을 이용한 정밀한 발효는 일본 사케의 가장 큰 특징이며, '니혼슈(日本酒)'라 불리는 전통 사케는 지금도 제사, 결혼, 출산, 신년 등 삶의 중요한 순간에 빠지지 않습니다. 특히 일본은 사케를 빚는 사람을 단순한 양조인이 아닌 양조 장인을 뜻하는 '도지(杜氏)', 즉 술의 길을 아는 사람이라 부르며 그 과정 자체를 수행과 다름없는 정성의 여정으로 바라봅니다. 이 정성과 마음의 철학은 오늘날까지도 사케 한 잔을 통해 사람의 온도와 감정을 나누는 방식으로 이어져 오고 있습니다.

—• 술과 감정
– 말보다 먼저 전해지는 마음의 언어

술은 언제나 감정의 가장자리에서 사람과 함께했습니다. 기쁠 때는 함께 잔을 높이 들었고, 슬플 때는 묵묵히 잔을 기울였으며, 사랑의 시작에도 이별의 문턱에도 곁에는 늘 술이 있었습니다. 그건 술이 우리가 말하지 못한 진심을 대신 전해주고, 복잡하게 얽힌 감정을 단순하게 풀어주며, 어떤 순간이든 사람의 마음을 먼저 받아들이는 존재이기 때문입니다. 술을 마신다는 것은 단순히 기분을 좋게 만드는 행위가 아니라, 그 순간을 받아들이는 의식이자 자기 안의 감정을 조용히 끌어올리는 작은 의례였습니다. 그래서 각 시대, 각 나라, 문화권마다 술은 단순한 기호품이 아니라 삶의 상징, 공동체의 연결 고리, 정서적 쉼터로 여겨져 왔습니다.

—• 사케의 탄생
– 맑은 물과 정성에서 피어난 술

이제 우리는 오랜 인류의 흐름 위에서 사케의 탄생을 자연스럽게 이해할 수 있습니다. 사케는 일본의 맑은 물, 청정한 쌀, 그리고 정직한 손길 위에서 시간을 들여 정성껏 빚은 술입니다. 30일 이상 발효와 숙성을 거치며 계절의 온도, 습도, 물의 흐름까지 세심하게 살핍니다. 그 과정에는 단지 술을 만드는 기술이 아니라 사람을 위해 술을 대접하겠다는 다정한 마음이 깃들어 있지요. 그래서 사케는 취하기 위한 술이 아니라, 함께 기분을 나누는 술, 관계를 다듬고 감정을 부드럽게 풀어주는 술로 자리해 왔고, 지금 이 순간을 더 깊게 기억하게 하는 마중물이 되었습니다.

─• 사케와 음식의 조화
- 입안에서 빚어지는 공감각의 예술

사케는 혼자서도 풍부한 맛을 지니지만, 음식과 함께할 때 그 진가가 더 또렷해집니다. 산미, 단맛, 감칠맛의 균형이 탁월하여, 섬세한 일식뿐 아니라 현대 다이닝 메뉴와도 폭넓게 어우러지기 때문입니다. 예를 들어 가벼운 향과 산미를 지닌 긴죠슈[8]는 흰살생선회나 채소 중심의 메뉴와 잘 맞고, 진한 감칠맛과 복합적인 향을 지닌 준마이슈[9]는 구이나 튀김류와 만났을 때 여운이 깊어집니다. 음식과 사케의 궁합은 단순한 맛의 매칭을 넘어 감정의 리듬을 조율하는 도구가 되며, 한 끼의 순간을 예술적으로 만들어줍니다.

─• 현대 다이닝 속의 사케
- 전통과 창의가 만나는 식탁

오늘날 사케는 전통적인 틀에 머물지 않고, 다양한 방식으로 현대 다이닝에 접목되고 있습니다. 국내에서도 뷰66 마네쿠처럼 브런치와 다이닝을 함께 운영하는 식당에서는 사케를 디저트나 전채 요리에 페

8　긴죠슈(吟釀酒): 정미율 60% 이하로 도정한 쌀을 저온 장기 발효로 빚어, 섬세하고 화려한 향이 특징인 사케
9　준마이슈(純米酒): 쌀, 물, 누룩, 효모만으로 빚은, 주정 무첨가의 순수한 사케

어링하거나, 계절별 테마에 맞춰 맛의 변화를 설계합니다. 이는 단지 술을 제공하는 차원을 넘어 한 끼 식사의 흐름과 감정을 함께 디자인하는 과정이라 할 수 있습니다. 사케는 더 이상 일본 식당에서만 만날 수 있는 술이 아닙니다. 전 세계적으로 '느린 맛'과 '정제된 미감'을 대변하는 술로 주목받으며, 그 문화적 깊이와 정서적 울림을 함께 담는 새로운 미식의 언어로 자리매김하고 있습니다.

일본 사케의 탄생과 발전

—• 맑은 쌀과 물 그리고 천천히 빚어진 사람의 마음

사케라는 술은 그저 일본의 전통주라는 정의만으로는 다 설명되지 않는 오랜 시간과 기억의 술입니다. 그 속에는 정제된 쌀, 청정한 물, 고요한 손길, 그리고 무엇보다도 사람과 사람 사이를 이어주려는 다정한 마음이 고스란히 담겨 있지요.

이번 장에서는 이전 장에서 간단하게 소개했던 사케의 탄생 과정과 발전의 흐름 그리고 어떻게 사람의 생활과 정서에 스며들게 되었는지를 더욱 자세히 알아보겠습니다.

—• 입으로 씹어 빚던 술

– 구치카미노 사케의 시대

일본 사케의 기원은 매우 독특합니다. 사케는 정제된 양조 기술로 시

작된 것이 아니라, 이전 장에서 언급한 '미인주'의 형태인 입으로 곡물을 씹어 만드는 '구치카미노 사케(口嚙みの酒)'에서 비롯되었습니다. 여기서 '구치카미'는 말 그대로 입(口)으로 씹는다(嚙む)는 뜻입니다. 보통 마을의 여성들이 쌀이나 보리, 고구마 같은 전분이 많은 곡물을 오래 씹고 뱉어 항아리에 모은 뒤, 자연 발효를 통해 서서히 알코올이 생기도록 하는 방식이었습니다. 이 전통은 단순히 기술적 한계를 극복한 방식이 아니라 당시 사람들에게는 신성한 의례의 일부였습니다. 입으로 씹는 행위는 효소 작용을 유도하는 과정을 넘어, 사람의 숨과 마음이 술 속에 스며드는 행위로 여겨졌지요. 그렇게 만들어진 구치카미노 사케는 풍년을 기원하는 제사나 신에게 바치는 공물로 쓰였고, 인간과 자연, 신을 잇는 매개체로서 술이라는 존재가 처음 자리 잡았습니다.

─• 나라 시대
– 술이 '양조'라는 기술로 정리되다

시간이 흐르며 입으로 씹는 방식은 조금씩 정제된 양조 기술로 바뀌어 갔습니다. 특히 8세기 무렵 나라(奈良) 시대에 일본 최초의 관영 양조장인 미키노츠카사(造酒司)가 설립되면서, 국가 주도로 양조 체계가 갖추어지기 시작했습니다. 이 무렵부터 사케는 쌀을 찌고, 누룩을 넣어 물과 발효시키고, 맑은 술과 술지게미를 분리하는 '니혼슈(日本酒)' 방식의 전통 사케의 형태로 발전하게 됩니다. 나라 시대의 사케는 주로 귀족과 승려 등 지배층 중심으로 소비했으며, 그만큼 정갈하고 격식 있는 술로 여겨졌습니다. 불교와 술의 관계는 금주와 음주의 경계 속에서 늘 조심스럽게 다루어졌지만, 당시 승려들 역시 제례나 약용의 이유로 직접 사케를 빚고 마셨다는 기록이 남아 있습니다. 이 시기의 사케는 단지 취하기 위함이 아니라 정신을 맑게 하고, 생각을 가다듬는 데 도움을 주는 음료로 인식되기도 했지요.

─• 헤이안 시대
– 향과 운치를 빚는 술

헤이안 시대(794~1185)는 일본 역사에서 가장 섬세하고 감성적인 문화가 피어난 시기입니다. 이 시기의 사케는 신을 위한 제물이나 귀족의 연회주에 그치지 않고, 예술과 문학, 정서의 일부로 깊이 자리했습니다. 궁중 연회에서는 계절에 어울리는 사케를 골라 기온과 날씨에 따라 술을 데우거나 차게 내는 등 술을 즐기는 방식도 달라졌습니다. 예컨대 꽃이 피는 봄에는 벚꽃잎을 띄운 사케, 단풍이 물드는 가을에는 떫은맛이 도는 숙성 사케, 눈이 내리는 겨울밤에는 따끈하게 데운 사케가 어울렸지요. 사케는 마시기 전에 향을 먼저 느끼고, 작은 잔에 천천히 따라, 입술로 음미하는 방식이 정착되었습니다. 이렇게 감각과 정서의 미학이 반영된 사케 문화는 귀족 문학과 회화에도 자주 등장하며 사케 자체가 하나의 '정서적 장면'이 되는 계기가 되었습니다.

―• 무로마치 시대에서 에도 시대까지

– 민간으로 퍼져나간 양조의 손길

시간이 흐르며 일본 사회는 귀족 중심의 체제에서 무사와 상인의 사회로 옮겨 갔습니다. 이 변화는 사케의 양조와 유통 방식에도 큰 영향을 주었습니다. 무로마치 시대(1336~1573)에는 지방의 절들을 중심으로 사케 양조 기술이 본격적으로 발전했고, 에도 시대(1603~1868)에는 사카구라(酒蔵)같은 전문 사케 양조장이 전국적으로 퍼지게 됩니다. 이 시기부터 정미 기술이 고도화되고, 계절에 맞춰 술을 빚는 간지코미(寒仕込み) 방식이 정착되는데, 술을 장기 보존하기 위한 저온 숙성법과 숯 여과법이 도입됩니다. 이때 에도 시대의 사케는 상품이자 기술, 문화로 자리 잡았습니다. 사람들은 지역마다 다양한 맛의 사케를 즐겼고, 술을 따르고 받는 예절, 술잔의 크기, 술에 어울리는 안주까지 모두 사케 문화를 둘러싼 섬세한 예술의 일부가 되었지요. 이처럼 사케는 농부, 상인, 무사, 귀족, 장인 누구에게나 삶의 기쁨과 감정을 공유하는 공통의 언어가 되었습니다.

―• 메이지 시대

– 사케의 제도화와 근대화

19세기 후반, 메이지 유신(1868년) 이후 일본은 급격한 근대화를 맞이하게 됩니다. 이 변화는 술의 세계에도 큰 영향을 미칩니다. 정부는 세금 확보를 위해 양조장에 면허제를 도입하고, 술을 산업과 행정의 대상으로 보기 시작하지요. 그 결과, 사케는 점차 가내 수공업 중심의 문화에서 전문 기술과 품질 관리 중심의 산업 제품으로 성격이 변화합니다. 발효에 사용되는 누룩균의 품종 개량, 온도 관리 기술, 위생적인 양조 환경 조성이 이뤄지며 '깨끗하고 안전한 술'로서의 사케 품질이 획기적으로 향상됩니다. 그러나 이 과정에서 전통 방식으로 술을 빚던 작은 양조장들은 점차 설 자리를 잃게 되고, 기계화와 대량 생산의 그림자가 드리우기 시작합니다. 이 시기의 사케는 '정확한 수치와 기술'이라는 명확한 기준을 따르며 장인의 손맛 대신 공식화된 제조법으로 술을 만들게 됩니다.

—• 전쟁과 사케

– 남겨진 기억, 잊힌 시간

　태평양 전쟁(1941~1945)은 사케 양조장들에도 긴 시련의 시간이었습니다. 전시 물자 통제로 인해 쌀을 양조용으로 쓰지 못하게 되었고, 사케 생산량이 급감하며 많은 양조장이 문을 닫거나 군수 물자 창고로 전환됩니다. 이 시기부터 일본에는 정통 양조 사케 대신 '알코올(주정) 첨가형 사케'가 빠르게 퍼지기 시작했습니다. 이는 적은 쌀로 더 많은 술을 만들 수 있는 방식이었지만, 사케 고유의 깊이와 풍미는 희미해지기 시작했습니다. 전쟁이 끝난 뒤 일본 사회가 산업화의 길로 달려가기 시작하면서 사케는 '가장 흔하고 특별하지 않은 술'로 사람들에게 인식됩니다. 맥주와 위스키, 와인 같은 서양 술이 유행하고, 사케는 어르신의 술, 전통술, 옛날 술로 분류되어 천천히 사람들의 기억에서 멀어지게 되지요.

—• 현대의 사케
– 다시 사람의 술로 돌아오다

하지만 시간이 흐르며 사람들은 다시 사케를 돌아보게 됩니다. 맥주나 와인처럼 차갑게 마실 수 있고, 음식과의 페어링이 다양하며, 무엇보다 술을 빚는 이의 손맛과 이야기가 살아 있는 술이 바로 사케라는 걸 깨달았기 때문입니다. 21세기 들어 일본 안팎에서 '장인 정신'을 바탕으로 한 사케 양조장들이 주목받기 시작했고, 젊은 층을 중심으로 지역의 쌀과 물, 직접 빚은 작고 정성스러운 술에 대한 관심이 점점 커졌습니다. 뷰66이 사케를 다시 주목하게 된 이유도 바로 이 흐름과 맞닿아 있습니다. 사케는 단순히 일본의 전통술이 아니라, 천천히 빚어진 사람의 마음과 감정, 그리고 오래 기다려야 만날 수 있는 깊은 풍미의 철학이 담긴 술이기 때문입니다.

—• 도지(杜氏)

– 술을 빚는 사람, 마음을 익히는 사람

이전 장에서 짧게 언급했듯 사케를 만드는 장인을 일본에서는 '도지(杜氏)'라고 부릅니다. 단순히 술을 만드는 기술자가 아니라, 자연과 재료, 시간과 온기를 읽고 조율하는 사람이지요. 도지는 겨울마다 쌀을 씻고, 찌고, 식혀 누룩을 섞은 다음 발효 과정을 지켜보면서 한 방울의 술이 될 때까지 한순간도 긴장을 늦추지 않습니다. 이들은 자신을 술을 '만드는' 사람이 아니라, 술이 '스스로' 되도록 돕는 사람이라고 말합니다. 그 말에는 사케가 단순히 재료와 수치를 조합해 만드는 결과물이 아니라, 사람의 손길과 기다림, 물과 공기의 흐름이 함께 어우러져 빚어지는 작은 생명체에 가깝다는 인식을 엿볼 수 있습니다. 그렇기에 도지는 해마다 다른 술을 빚습니다. 같은 쌀, 같은 물, 같은 기술을 쓰더라도 그해 기온과 바람, 발효 과정의 작은 변수들이 술의 표정을 달라지게 하기 때문이지요. 그런 점에서 사케는 자연을 담은 술이자, 사람의 시간을 담은 술입니다.

—• 오늘날 사케, 다시 '마음의 술'이 되다

복잡하고 빠른 시대에 살아가는 지금, 사람들은 다시 천천히 익는 것들을 찾고 있습니다. 빠르게 마시는 술이 아닌 깊이 머물 수 있는 술,

잔을 나누며 이야기를 나눌 수 있는 술, 한 모금 마신 후 조용히 침묵이 흘러도 어색하지 않은 술. 그런 술이 바로 사케입니다. 요즘 사케는 일본의 전통 요리를 넘어 이탈리아 요리, 프랑스 요리 심지어 한식과도 훌륭한 조화를 이룹니다. 게다가 술 온도와 술잔의 크기 역시 자유롭고 유연한 선택이 가능하도록 변모하고 있습니다. 하지만 그 안에 흐르는 본질은 변하지 않았습니다. 사람을 중심에 둔 술, 기다림을 존중하는 술, 관계를 부드럽게 풀어주는 술. 이것이 오늘날에도 사케가 사랑받는 가장 큰 이유입니다.

─• 사케 한 잔, 삶에 여유를 건네다

사케는 인류가 곡물을 씹던 시절부터 지금에 이르기까지 사람과 사람 사이를 잇고, 감정을 이해하고, 시간을 천천히 익혀온 술입니다. 그 한 잔 속에는 단순한 취기가 아니라, 정성, 철학, 조율, 배려, 그리고 말 없는 위로가 담겨 있습니다. 뷰66이 사케를 사랑하고 존중하는 이유도 그 때문입니다. 우리는 바쁜 일상에서도 잠시 속도를 늦추고, 눈을 마주하고, 한 잔을 천천히 음미할 수 있는 그런 순간이야말로 삶의 가장 따뜻한 장면 중 하나라고 믿습니다.

뷰66 사케 큐레이션 소개

—• 한 잔의 사케에 담긴 정성과 감정 그리고 조용한 철학

우리는 술을 '마신다'라고 표현하지만, 사케를 마시는 순간은 단지 입으로 넘기는 행위가 아닙니다. 그 한 잔 속에는 천천히 숙성된 쌀과 물의 흐름, 양조인의 손길과 기다림 그리고 그 술을 손님께 건네고 마주하는 사람의 감정이 함께 담깁니다. 뷰66이 사케를 소개할 때 가장 중요하게 생각하는 건 그 술이 가진 기술적인 완성도보다 그 술이 전하는 감정의 결입니다.

이번 장에서는 저희가 뷰66에서 큐레이션한 여섯 가지 사케의 역사와 배경, 맛의 결, 그리고 그 술을 선택한 이유를 차분하게 풀어드리겠습니다.

—• 준마이 다이긴조(純米大吟醸)

– 정수(精髓)의 술, 한 방울의 침묵

준마이 다이긴조는 사케의 세계에서 가장 정제된 맛과 향을 보여주는 술입니다. 일본 전통 사케 등급 중에서도 최상급 등급을 갖추고 있으며, 쌀을 50% 이하로 깎아내고, 고도의 정온 발효 과정을 거쳐야만 얻을 수 있는 정말 정성스럽고 섬세한 술이지요.

이 사케를 처음 마시는 순간, 대부분의 사람은 "사케가 이렇게 부드럽고 향긋할 수 있구나" 하고 감탄하게 됩니다. 향은 배와 멜론, 복숭아 같은 은은한 과일 향이 주를 이루고, 입안에서는 비단처럼 고운 질감이 퍼져 나갑니다. 한 모금의 깊이 속에 숨겨진 섬세함과 여운은 말보다 훨씬 더 많은 이야기를 들려줍니다.

뷰66에서는 이 사케를 가장 특별한 날, 혹은 조용히 자신을 위로하고 싶은 날에 추천해 드립니다. 한 모금의 침묵, 그 안에서 들리는 마음의 소리, 그게 바로 준마이 다이긴조입니다.

추천 페어링
광어 고노와다, 모둠 숙성회, 연어 샐러드

─• 누벨 준마이(Nouvelle Junmai)
– 전통 위에 피어난 새로운 감각

'누벨'은 불어로 '새로운'이라는 뜻입니다. 이름처럼 이 술은 전통적인 준마이 사케를 기반으로 하면서도 현대적이고 캐주얼한 감성을 품고 있습니다. 향에서는 백포도, 라임, 복숭아의 산뜻함이 느껴지고, 입안에서는 알싸한 산미와 함께 짧지만, 인상 깊은 여운이 깔끔하게 맺힙니다. 이 술의 매력은 어느 순간에도 부담 없이 어울릴 수 있다는 점입니다. 가볍고 재치 있게 시작되지만, 절대 가볍지 않은 감각으로 마무리되지요.

뷰66에서는 처음 사케를 접하는 분에게 추천하고 있습니다. 부드럽고 밝은 인상, 그리고 기분 좋은 놀라움. 누벨 준마이는 사케에 대한 편견을 바꿔주는 술입니다.

—• 준마이 750(Junmai 750)
– 일상이라는 특별함을 담은 한 병

세상에는 화려한 축제를 닮은 술이 있고, 조용한 속삭임을 닮은 술도 있습니다. 그 가운데 준마이 750은 '평범한 하루의 소중함'을 일깨워주는 술처럼 느껴집니다.

이 사케는 미국 캘리포니아의 월계관(Gekkeikan) 양조장에서 만들어졌습니다. '미국에서 만든 일본 사케?'하고 의아해하실 수도 있지만, 오히려 이 술은 그런 점 덕분에 동서양의 감각이 고르게 조화를 이룬 사케로 완성되었다는 생각이 듭니다. 750ml의 용량은 와인을 즐기듯 한 잔씩 나눌 수 있도록 배려한 용량이기도 하지요. 혼자 마시기보다는 여럿이 모여 나눌 수 있는 여유, 그 속에서 나누는 웃음과 대화의 순간이 이 술을 더욱 특별하게 만들어 줍니다.

맛은 첫인상부터 부드럽고 은은한 단맛이 돕니다. 입안에서는 살짝 퍼지는 쌀 누룩 특유의 구수함과 함께 산뜻한 과일 향이 자연스럽게 배어나지요. 약간 차게 해서 마시면 그 부드러움이 더 선명해지고, 상온에서 천천히 음미하면 깊은 단맛과 감칠맛이 피어오르는 게 특징입니다.

뷰66에서는 이 사케를 '잔잔한 휴식을 선물하고 싶은 날'에 권합니다. 고된 하루를 마치고 집에 돌아와 이 술을 조용히 한 모금 마시는 순간, 그 짧은 시간이 어쩌면 하루 중 가장 솔직하고 편안한 순간이 되어줄 수 있습니다. 준마이 750는 '기억에 남는 맛'보다 '기억에 남는 분위기'를 남기는 술. 마셨는지는 잊더라도, 그때의 대화, 그때의 기분, 그 조용한 여운은 오래도록 남아 있는 술입니다.

추천 페어링
짭조름한 감태, 크림치즈를 곁들인 크래커

─• 북극곰의 눈물
– 단 한 방울이 전하는 조용한 감정

'북극곰의 눈물이라니, 얼마나 조용하고 섬세한 맛일까?'

처음 이 사케의 이름을 들었을 때, 떠오른 생각이었습니다. 이름만으로도 사람의 감정을 건드리는 이 사케는 정말로 부드럽고, 투명하며,

가벼우면서도 깊은 울림을 지닙니다. 고요한 새벽녘, 하얗게 빛나는 눈 위에 조심스럽게 떨어지는 한 방울의 물을 닮았습니다.

북극곰의 눈물은 사케 중에서도 가볍고 달콤한 맛이 인상적인 술입니다. 은은한 단맛이 입안에서 천천히 퍼지고, 알코올의 자극은 거의 느껴지지 않을 만큼 순하고 부드럽습니다. 그 부드러움은 마치 말없이 손을 꼭 잡아주는 사람처럼 조용하고 깊습니다. 그래서 처음 사케를 접하시는 분들, 혹은 술이 약한 분에게도 부담 없이 다가가는 술입니다. 하지만 단순히 달기만 하다면 저희는 추천하지 않았을 겁니다. 북극곰의 눈물에는 단맛과 여운의 균형, 그리고 감정의 리듬이 있습니다. 첫 모금에서 느껴지는 건 마치 배, 복숭아, 멜론처럼 은은한 과일 향이고, 바로 뒤따라오는 쌀 누룩의 구수한 부드러움, 마지막으로 남는 건 어딘가 슬프지만 따뜻한 여운입니다. 그 여운이 이 사케를 단순한 술이 아닌 '마음을 녹이는 한 방울의 감정'으로 만들어 줍니다.

뷰66에서 이 사케는 보통 '조용한 하루의 끝'에 권해드립니다. 말이 필요 없는 편한 사람과 잔잔한 음악이 흐르는 밤에 한 잔씩 기울이면 마음이 스르르 녹아내리죠. 감정이 너무 격렬하지도 않고, 그렇다고 차갑게 굳지도 않은, 딱 그 사이 어딘가의 조용한 포근함. 그게 바로 이 술이 가진 가장 깊은 매력입니다.

추천 페어링
밤 조림, 연유 말차 파운드 케이크, 과일을 곁들인 크래커

─● 오니고로시

– 이름 뒤에 숨겨진 강렬함과 절제의 미학

사케의 세계를 오래 들여다보고 있으면, 이름만으로도 감정을 불러일으키는 술들이 있습니다. '오니고로시', '귀신을 죽인다'는 뜻의 일본어로 그 이름부터가 강렬한 인상을 남기는 술입니다. 하지만 저희가 이 술을 소개하는 이유는 단지 이름의 임팩트 때문만은 아닙니다. 그 속에는 날카로움과 절제, 전통과 반전, 그리고 묵직한 맛 뒤에 숨은 조용한 단단함이 함께 공존하기 때문입니다.

오니고로시는 사케 중에서도 니혼슈[10]도가 높은, 즉 일반적인 준마이보다 훨씬 드라이한 맛을 지니고 있습니다. 첫 잔을 마시면 단맛보다는 혀를 스치는 시원하고 강한 인상이 먼저 다가오고, 그 뒤로 놀랍도록 맑고 정돈된 알코올의 흐름 밀려옵니다. 마지막으로 입안에 쌉쌀하면서 담백한 여운이 길게 남지요. 이 사케는 특히 데워 마실 때 그 진가가 드러나는데, 뜨거운 열기 속에서 느껴지는 부드러운 바디감이 차게 마실 때 날카로운 드라이한 맛과 대비를 이룹니다. 두 가지 얼굴을 지닌 술이기에 상황에 따라, 기분에 따라 전혀 다른 인상으로 기억될 수 있습니다.

뷰66에서 오니고로시는 깊은 이야기가 필요할 때나 고기 요리를 곁들

---

10 니혼슈도(日本酒度): 사케의 비중을 나타내는 말. 높을수록 드라이한 맛이 강해지고, 낮을수록 단맛이 강해짐

이는 식사에 자주 추천해 드립니다. 한 잔을 넘기면 '정신이 번쩍' 들면서 생각이 서서히 정리되실 겁니다. 절대 부드럽지는 않지만, 그래서 더 진지한 위로를 전할 수 있는 술입니다. 어쩌면 사람하고도 닮았습니다. 말이 많지 않고, 감정 표현이 서툴지만, 언제나 중심을 지켜주는 사람. 오니고로시는 그런 사람처럼 진중하고, 조용하며, 믿음직한 술입니다.

─• 조선주조사

– 뿌리 깊은 전통과 새로움 사이의 아름다운 균형

'조선주조사'라는 이름을 처음 들었을 때, "어? 일본 사케랑 뭔가 다른데?"라는 인상을 받으실지도 모르겠습니다. 사실 이 사케는 일본이 아니라 한국에서 빚어진 전통과 창의의 교차점에 놓인 술입니다. 그렇기에 저희는 조선주조사를 단지 '사케'라는 카테고리로 구분하기보다는 한국인의 손과 일본의 양조 기법을 정성껏 빚어낸 '한일 발효 문화의 연결고리'로 소개하고 싶습니다. 조선주조사는 이름에서도 느껴지듯 우리 고유의 감성, 그리고 누룩 발효라는 유산을 바탕으로 일본 사케의 정미 기술과 온도 조절 노하우를 접목하여 빚어낸 술입니다. 그 속에는 한국의 쌀이 가진 탄탄한 밀도, 정성스러운 숙성의 시간, 마시는 이의 감정을 감싸주는 따뜻한 여운이 깃들어 있습니다.

이 술은 향부터 기존의 사케와 분명히 다른 토착적인 따뜻함이 느껴집니다. 누룩 향과 함께 미묘한 곡물 향이 부드럽게 스며들고, 입안에서는 감칠맛과 약간의 고소함이 함께 퍼집니다. 기존의 사케가 차갑고 섬세한 미학을 보여준다면, 조선주조사는 더 따뜻하고 사람의 체온에 가까운 감정의 술로 다가옵니다. 마치 아버지의 손, 어머니의 손맛처럼요.

뷰66은 '조선주조사'를 가장 한국적인 감성을 일본 사케의 형식으로 담아낸 술로 소개합니다. 그 의미는 단지 맛을 넘어, 발효 문화를 공유하는 동아시아인의 지혜, 그리고 서로의 문화를 이해하는 겸손한 자세를 담고 있습니다. 조선주조사를 선택하는 것은 단지 술 한 종류를 고르는 일이 아니라, 그 술을 만든 사람의 생각과 정체성, 태도에 공감하는 행위라고 믿습니다.

조선주조사는 '동양적인 맛'과 '정갈한 조리법'을 공유하는 모든 음식에 다정한 손처럼 어울립니다. 이 술은 우리에게 이렇게 말하는 듯합니다.

"우리는 서로 다르지만, 발효라는 오래된 기술 속에서는 같은 온기를 느낄 수 있어요"

이 술을 큐레이션에 포함한 이유도 바로 그 감동 때문입니다. 단순히 맛있어서가 아니라, 그 안에 담긴 사람과 사람, 문화와 문화, 시간과 기억을 연결하는 힘이 이 술을 특별하게 만들었기 때문입니다.

추천 페어링
간장 새우, 버터 간장 새송이구이, 해산물 요리

─ • 사케를 건넨다는 것은, 사람을 이해하는 일입니다

사케 한 잔을 건네는 순간은 결코 단순한 접객의 장면이 아닙니다. 그 안에는 시간과 정성, 기억과 배려, 그리고 온기가 함께 담겨 있습니다. 뷰66이 사케를 선별하고 소개하는 이유는 단순히 '맛있는 술'을 추천하기 위함이 아닙니다. 그보다는 사케가 누군가의 하루에 온기를 불어넣고, 그날의 감정을 더 깊고 부드럽게 이해할 수 있도록 조용히 돕기를 바라는 마음 때문입니다. 사케는 결국 사람을 향한 술입니다. 말을 아끼고 싶은 날에도, 떠나간 마음을 조용히 들여다보고 싶은 날에도, 기쁨을 더 오래 간직하고 싶은 날에도, 오랜만에 만난 사람과의 사이를 따뜻하게 이어주고 싶은 순간에도 그 어느 자리에든 사케는 늘 자신을 드러내지 않으면서도 중심을 지켜주는 술입니다.

뷰66은 앞으로도 이런 마음을 담아 사케를 준비하겠습니다. 맛과 향을 넘어 그 잔에 담긴 사연과 감정, 그리고 철학까지 전할 수 있도록 작은 잔 하나에도 진심을 담겠습니다. 이 여섯 가지의 사케가 여러분의 하루에, 혹은 언젠가의 저녁 시간에 조용히 곁을 내어줄 수 있다면 그것만으로도 저희의 큐레이션은 충분히 빛을 발할 것입니다.

사케와 숙성회의 페어링

—• 입안에서 만나는 감정의 교차점,
　한 점의 회와 한 잔의 술

　우리의 삶에는 말보다 더 또렷이 감정을 전하는 순간이 있습니다. 그
중 하나가 바로 '맛'이 우리 마음 깊숙이 닿을 때이지요. 한 점의 숙성
회, 그리고 그 위를 부드럽게 감싸는 한 잔의 사케. 이 만남은 단순한
페어링 기술이 아니라, 각기 다른 정성이 서로 포개지는 장면입니다. 이
번에 소개할 여섯 가지의 사케와 정성스럽게 손질된 숙성회의 조합이
바로 그 예시이지요.

　이번 장에서는 각 사케에 담긴 철학과 감정, 그 술이 태어난 역사와
사람의 이야기, 그리고 그 사케가 만났을 때 비로소 완성되는 회의 풍
미를 하나하나 풀어드리겠습니다.

—• 준마이 다이긴조 × 광어 고노와다

– 고요한 결에서 피어나는 투명한 감정

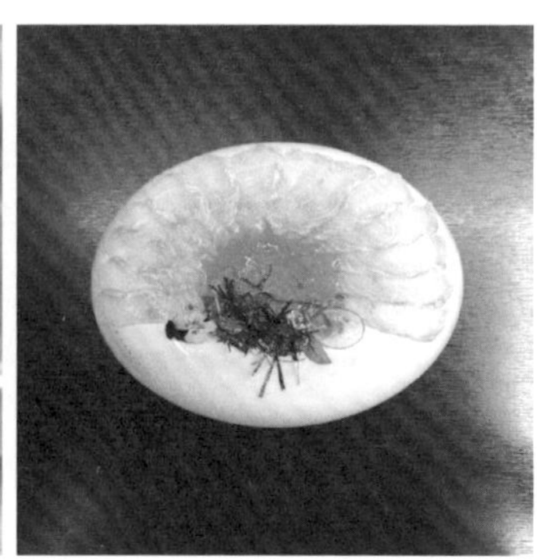

이미지 출처: 뷰66 마네쿠

정미율 50% 이하의 가장 정제된 사케인 준마이 다이긴조는 광어 고노와다의 차분하고도 견고한 식감과 잘 어울립니다. 이 만남은 입안을 맑게 비워주는 감정의 여백을 만들어냅니다. 광어는 결이 풀어지면서 단맛이 살아나는 생선인데, 그 은은한 단맛이 준마이 다이긴조의 부드러운 산미와 만나 부드럽고 투명한 여운이 오래도록 남습니다.

이 조합은 감정을 정리하고 싶은 날, 사랑하는 사람과 서로의 말을 조용히 들어주고 싶은 밤에 추천해 드립니다.

─● 누벨 준마이 × 연어 샐러드

– 부드러운 기름기 위에 피어나는 신선한 감정의 설계

이미지 출처: 뷰66 마네쿠

연어 샐러드는 하나의 작은 오케스트라처럼 어우러집니다. 입안에서 녹아내리는 연어, 흩뿌려진 올리브 오일과 유자 드레싱, 그 사이사이에 살아 있는 루꼴라와 녹황색 채소, 마지막으로 은은하게 나는 양파 향까지. 이 오케스트라의 지휘자가 되어줄 술이 바로 누벨 준마이입니다.

누벨 준마이는 '새로운(Nouvelle)'이라는 이름답게 연어 샐러드와 만나면 새로운 맛을 끌어냅니다. 그 이유는 맛의 층위와 감정의 밀도가 비슷하기 때문입니다. 연어 특유의 기름진 텍스처, 샐러드 채소의 쌉싸름한 맛, 드레싱의 은은한 산미가 누벨 준마이의 섬세한 산미와 만나 그 자체로 한 편의 시 같은 식사를 만들어주지요. 한 점의 연어와 잎채소를 입에 넣고, 누벨 준마이 한 모금을 머금으면 기름기와 신맛, 감칠맛과 산미가 서로를 밀어내지 않고 부드럽게 감싸안습니다.

이 조합은 데이트 자리나 혼자 먹는 식사, 오랜만에 만난 지인과 조용한 점심 등 우아하고 여유로운 자리에 추천해 드립니다.

──• 준마이 750 × 고등어 봉초밥
– 숙성의 깊이와 드라이한 여운이 만든 담백한 정직함

이미지 출처: 뷰66 마네쿠

고등어 봉초밥은 밥 위에 살짝 절인 고등어를 올리고, 그 위를 다시 감태로 정갈하게 감싸서 단단하고도 고요한 형태로 마무리한 초밥입니다. 겉으로 보기엔 단순하지만, 그 안에는 '절임'이라는 숙성의 시간, 그리고 생선과 밥, 소스와 향신료의 균형 잡힌 설계가 담겨 있습니다. 이러한 절제의 미학을 제대로 받아줄 술이 바로 준마이 750입니다.

준마이 750은 미국 캘리포니아의 양조장에서 빚어진 사케로, 담백한 맛이 특징이기에 숙성의 풍미가 있는 음식과 가장 잘 어울립니다. 즉, 자신이 드러내기보다 상대를 돋보인다는 점에서 고등어 봉초밥과는 최고의 궁합이지요. 봉초밥은 고등어를 식초와 소금에 절여 비린내를 없애고 감칠맛을 살린 음식이지만, 생선의 특성상 풍미가 강한 편입니다. 그래서 준마이 750이 고등어의 짠맛과 단단한 육질을 부드럽게 정리하고 끝에서는 밥의 단맛을 살려 다음 한 입을 기대하게 만듭니다. 화려함은 없어도 생선이 지닌 '자연의 풍미'와 술이 품은 '기다림의 철학'이 자연스레 포개지며 진정성 있는 경험으로 이어지지요. 그리고 고등어 봉초밥 위에 생강 한 조각을 올려 드시면 더욱 좋습니다.

이 조합은 진중한 대화가 오가는 자리나 홀로 하루를 정리하고 싶은 시간에 추천해 드립니다.

—• 북극곰의 눈물 × 육사시미

– 부드러움의 두 겹, 감정의 안쪽에서 마주하는 잔잔한 위로

이미지 출처: 뷰66 마네쿠

육사시미는 언뜻 보면 단순한 고기 회 같지만, 그 안에는 날고기를

다룬다는 긴장감과 기름기 속에서 섬세하게 살아나는 단맛, 소스의 리
듬이 어우러져 하나의 완성된 감정으로 자리 잡은 음식입니다. 그리고
그 온도에 가장 잘 맞는 술이 바로 북극곰의 눈물입니다.

북극곰의 눈물은 은은한 단맛과 술 온도에 따라 자연스럽게 퍼지는
과일 향이 특징인 사케로, 육사시미의 부드러운 육질과 잘 어울립니다.
육사시미가 처음으로 입안에 들어올 때 고소한 기름기를 남기고, 북극
곰의 눈물은 그 감각을 달콤하고 깨끗한 선율로 감싸며 마무리합니다.
한 입의 고기와 한 모금의 술 사이에 머무는 짧은 침묵이 깔끔하게 떨
어지면서 은은한 행복감을 느낄 수 있지요. 육사시미에 트러플 오일이
나 참기름을 더하고 한 점을 씹은 뒤, 북극곰의 눈물을 가볍게 머금으
면 한 끼 식사 이상의 만족감을 얻을 수 있습니다.

이 조합은 기분이 유난히 예민한 날, 누군가에게 말보다 마음을 전하
고 싶은 자리에 추천해 드립니다.

─• 오니고로시 × 모둠초밥

– 절제된 정성과 날카로운 맛이 만나는 곳, 그 깊은 여운의 자리

이미지 출처: 뷰66 마네쿠

모둠초밥은 다양한 생선과 밥이 어우러진, 가장 정돈된 형태의 일본식 식사입니다. 한 접시 위에 올려진 연어, 도미, 육사시미, 새우, 광어까지 색과 식감, 맛과 온도, 기름기와 산미가 모두 다르지만, 모두 하나의 요리를 완성하도록 설계되어 있습니다. 이 복합적인 초밥의 구성을 처음부터 끝까지 단단하게 정리해줄 술이 바로 오니고로시입니다.

오니고로시는 그 이름답게 달지 않고 드라이한 맛이 특징입니다. 그러나 단순히 세고 강한 술이라기보다, 여백과 절제에서 오는 차가움에 가깝습니다. 이 특징 때문에 개성 넘치는 모둠초밥의 생선들을 '하나의 방향성'으로 정리하는 역할을 해줍니다. 기름진 연어초밥 뒤에는 입안을 깔끔하게 비워주고, 달큼한 새우초밥과는 술 자체의 바디감이 더해져 전체 흐름에 무게를 실어 줍니다. 즉, 처음부터 끝까지 맛의 중심을 잃지 않게 해주는 안정감 있는 조합이죠. 초밥에 와사비를 많이 곁들

이지 말고, 간장을 살짝 스치듯 찍은 뒤 오니고로시와 함께 드시면 드라이한 맛이 입안에 남은 기름기와 간을 정리해주면서 다음 초밥을 기다리게 해줍니다.

이 조합은 오랜만에 모인 가족과의 외식, 소중한 사람을 초대한 날의 식탁, 비즈니스와 감정이 공존하는 식사 자리에 추천해 드립니다.

─• 조선주조사 × 모둠 숙성회
– 전통과 감각의 교차점에서 피어난 깊은 공감의 시간

이미지 출처: 뷰66 마네쿠

모둠 숙성회는 연어의 부드러움, 도미의 단단한 식감, 시메사바의 산미, 새우의 단맛, 육사시미의 중후함까지 한 접시 안에 담아낸 섬세한 요리입니다. 한 점 한 점이 질감과 온도, 기름기와 산미가 모두 다르지만, 함께 놓였을 때 하나의 흐름으로 이어지도록 설계된 메뉴이지요. 이때 다양한 맛의 결을 정돈하고 가장 부드럽게 감싸 주는 술이 바로 조선주조사입니다.

조선주조사는 누룩의 고소함과 쌀의 담백함이 은은하게 향으로 먼저 다가오고, 입안에서는 단맛과 감칠맛이 포근하게 머무는 것이 특징입니다. 모둠 숙성회와의 조합에서 술이 먼저 나서서 이끄는 대신, 뒤에서 각 회의 개성을 자연스럽게 하나로 모아주지요. 특히 연어의 기름진 풍미 뒤에는 입안을 부드럽게 정리해주고, 도미와 숙사시미의 독특한 식감에는 따뜻한 여운을 더해줍니다.

이 조합은 소중한 사람과의 첫 만남, 마음속에 담아두었던 이야기를 꺼내놓고 싶은 자리에 추천해 드립니다.

당신의 테이블에도
역사가 있다

테이블 위에 음식을 올리는 일은 누군가에겐 생계를 위한 일이지만, 또 다른 누군가에겐 아주 오래도록 지켜온 신념이며, 어떤 이들에겐 사랑을 전하는 방식이기도 합니다. 우리는 매일 식사를 합니다. 바쁘게 한 끼를 때우는 날도 있고, 좋은 사람과 함께 앉아 천천히 나누는 시간도 있습니다. 하지만 테이블 위에 놓인 한 접시의 음식과 한 잔의 음료, 그리고 그 곁에 앉은 사람과 나 사이의 공기에는 언제나 작지만 깊은 역사와 마음의 결이 함께 놓여 있습니다. 이 책은 그런 이야기를 담고 싶었습니다.

이 책은 처음부터 '음식과 커피, 술을 소개하는 글'만으로 그치고 싶지 않았습니다. 우리는 질문하고 싶었습니다.

"커피 한 잔을 통해 누군가의 하루가 바뀐 적은 없었을까?"

"브런치 한 접시가 어떤 이에게 위로가 된 적은 없었을까?"

"사케 한 잔이 사람 사이의 거리감을 조금은 좁혀준 적은 없었을까?"

이 책은 그 질문에서 시작되었고, 한 줄 한 줄 적어 가며 우리는 이

세 가지가 단순한 '메뉴'가 아니라 사람의 기억과 감정, 그리고 관계를 엮는 일종의 '매듭'임을 더 확신하게 되었습니다. 뷰66에는 커피 한 잔으로 시작되는 하루, 그릇 위의 정성이 말을 대신하는 식사, 그리고 사케 한 잔이 마음을 조용히 건네는 밤이 있습니다. 그 순간들이 전부 우리 삶의 작은 역사이며, 테이블 위에서 태어나고 사라지는 소중한 감정의 기록입니다. 그래서 이 책의 제목을 『테이블 위에 흐르는 시간』이라 붙였습니다.

시간을 향해 걷는 일, 기억을 돌아보는 일, 그리고 사람과 사람 사이의 거리를 조금 더 가깝게 만드는 일.

그 모든 여정을 커피와 음식, 그리고 사케로 써 내려가고 싶었습니다. 만약 이 책이 따뜻하게 다가왔다면, 그건 음식이나 커피가 아름다워서가 아니라, 그것을 만들어내는 사람의 태도가 단정했기 때문입니다. 커피에 온도를 담는 바리스타의 손, 숙성회 한 점의 흐름을 설계하는 셰프의 감각, 그리고 사케를 고르고 따르고 건네는 직원의 눈빛. 그 모든 순간이 모여 책 속에 담긴 문장 하나하나가 될 수 있었습니다.

특히 이 자리를 빌려 진심으로 감사를 전하고 싶은 분들이 계십니다.

가장 먼저, 뷰66의 임석재 회장님께 깊은 존경과 특별한 감사를 드립니다. 회장님께서 보여주신 '공간을 사람의 마음으로 설계하는 철학', '음식과 커피를 통해 위로를 건네고자 하는 진심'이 없었다면 이 책은 탄생할 수 없었습니다. 단순한 맛을 넘어서, 그 안에 담긴 정성과 존중, 기다림과 배려를 책 속에 온전히 담아낼 수 있었던 이유는 바로 회장님의 안목과 사람이 중심인 운영 철학 덕분입니다. 진심으로 감사합니다. 앞으로도 많은 분이 회장님의 따뜻한 철학을 공간과 음식 안에서 계속 느낄 수 있기를 소망합니다.

공동저자로 힘을 보태주신 뷰66 마네쿠의 셰프 이진경 조리이사, 정예찬 주임, 우민석 주임님께도 깊이 감사드립니다. 셰프님들께서 보여주신 진중한 작업과 철학이 이 책에서 가장 따뜻한 장면을 만들어주었습니다. 숙성회 하나를 위해 수많은 생선을 바라보고, 손질하고, 맛의 흐름과 방향을 고민하는 셰프님의 시선은 그 자체로 한 편의 시처럼 느껴졌습니다. 저는 글을 쓰는 동안 셰프님들께서 남기신 말 한마디, 조용히 고른 칼 하나, 그리고 접시 위의 구성에서 음식 이상의 감정과 태도를 배웠습니다. 덕분에 맛보다 마음을 먼저 전하는 책이 될 수 있었습니다. 진심으로 감사합니다.

또한, 카페 뷰66 정하영 바리스타 팀장님께도 진심 어린 감사를 드립니다. 정하영 팀장님께서 전해주신 커피 이야기는 그 어떤 이론서보다 풍부했고, 그 어떤 기술보다 따뜻했습니다. 한 잔의 커피가 사람에게 전할 수 있는 정서, 그 속에 담긴 배려와 미묘한 손끝의 조율을 글로 옮길 수 있어 참 행복했습니다. 정하영 팀장님의 커피 한 잔은 책 속 문장을 지나 독자 여러분의 아침에도 따뜻하게 전해지리라 믿습니다.

이제 독자 여러분께도 말씀드리고 싶습니다.

당신의 테이블 위에도 역사가 있습니다.

그건 누가 기록하지 않아도 괜찮습니다.

좋은 사람과 함께 웃으며 먹었던 기억,

조용히 혼자 밥을 먹으며 울었던 시간,

낯선 공간에서 처음 맛본 요리의 향기,

그 모든 것이 당신만의 고유한 역사이고,

그 역사야말로 오늘의 당신을 지켜주는 힘입니다.

한 권의 책을 마무리하는 일은 긴 대화를 마치고 조용히 자리에서 일어서는 순간과 닮았습니다. 조금은 아쉽고, 조금은 후련하며, 무엇보다도 그 시간 안에 제가 있었다는 사실이 감사로 남습니다. 이 책은 저 혼자 쓴 책이 아닙니다. 책에 등장하는 고마우신 분들, 그리고 지금 이 문장을 읽고 계신 여러분과 함께 만든 책입니다. '커피와 음식으로 시간 여행을 떠난다'는 건 사실상 기억과 마음을 마주하는 용기를 말하는 일이었습니다. 그 여정에 함께해주셔서 감사합니다. 이제, 당신의 하루가 이어질 시간입니다. 그 시간이 다정하고 평화롭기를 바라며 저는 조용히 책장을 덮겠습니다.

부디 이 책이 그 기억의 먼지를 살짝 닦아주는 따뜻한 손수건처럼 당신 곁에 오래 남아 있기를 바랍니다.

고맙습니다.

『테이블 위에 흐르는 시간』저자 드림

1. 커피 역사 및 문화

- Mark Pendergrast, 『Uncommon Grounds: The History of Coffee and How It Transformed Our World』, Basic Books, 2010.
- Stewart Lee Allen, 『The Devil's Cup: A History of the World According to Coffee』, Soho Press, 1999.
- Jonathan Morris, 『Coffee: A Global History』, Reaktion Books, 2018.
- 전광수, 『커피 인문학』, 디자인하우스, 2013.
- 박찬일, 『커피 느리게 즐기기』, 위즈덤하우스, 2015.

2. 브런치 및 음식 문화

- Rachel Laudan, 『Cuisine and Empire: Cooking in World History』, University of California Press, 2013.
- 크레이그 클레이번, 『브런치의 탄생』, 알에이치코리아, 2016.
- 한기홍, 『음식 인문학』, 휴머니스트, 2019.
- 강인석, 「한국 브런치 문화의 형성과 확산에 관한 연구」, 『문화연구』 제23호, 2020.

- The Atlantic, "The Long and Winding History of Brunch", 2017.

3. 일본 사케 및 술 문화

- Hiroshi Kondo, 『Sake: The History, Stories and Craft of Japan's Artisanal Breweries』, Tuttle Publishing, 2021.
- John Gauntner, 『The Sake Handbook』, Tuttle Publishing, 2002.
- Julia Momose 외, 『The Way of the Cocktail: Japanese Traditions, Techniques, and Recipes』, Clarkson Potter, 2021.
- Nihonshu-do.com 공식 홈페이지 (https://www.nihonshu-do.com)
- Japan Sake and Shochu Makers Association, https://www.japansake.or.jp/
- 「일본 사케는 왜 '드라이'한 맛을 강조하는가」, 조선일보, 2021.10.

4. 숙성회와 한식 회 문화

- 남성현, 『회, 물고기를 맛보다』, 생각의힘, 2020.
- 최진석, 『맛의 과학』, 사이언스북스, 2018.
- 한겨레신문, 「한국 숙성회 문화의 변화와 소비 트렌드」, 2021.11.
- 수산과학원, 「횟감용 어류의 숙성 방법과 식감 연구」, 2020.

5. 바리스타와 커피 철학 관련

- 김병기, 『바리스타 수업』, 더테이블, 2019.

- Specialty Coffee Association (SCA) 공식 교육자료

- 윤광준, 『나는 사진으로 세상을 본다』 중 커피에 관한 단상, 을유문화사, 2007.

- 이디야커피랩, 「한국형 커피 메뉴의 감성적 설계」 기술자료집, 2022.

6. 기타 참고 및 인용 자료

- 뷰66 공식 메뉴 및 매장 운영자료 (미호본점, 마네쿠, 양주점)

- 인터뷰: 뷰66 마네쿠 셰프 이진경, 정예찬, 우민석

- 인터뷰: 뷰66 바리스타 팀장 정하영